KUICHUANGJI

葵窗集

◎ 师红儒 著

山西出版传媒集团
山西人民出版社

图书在版编目（CIP）数据

葵窗集 / 师红儒著.—太原：山西人民出版社
2013.11
ISBN 978-7-203-08294-1

Ⅰ.①葵… Ⅱ.①师… Ⅲ.①诗词—作品集 —中国—当代 Ⅳ.①I227

中国版本图书馆 CIP 数据核字(2013)第 207546 号

葵窗集

著　　者	师红儒
责任编辑	魏　红

出 版 者	山西出版传媒集团·山西人民出版社
地　　址	太原市建设南路 21 号
邮　　编	030012
发行营销	0351-4922220　4955996　4956039
	0351-4922127（传真）　4956038(邮购)
E-mail：	sxskcb@163.com 发行部
	sxskcb@126.com 总编室
网　　址	www.sxskcb.com

经 销 者	山西出版传媒集团·山西人民出版社
承 印 者	山西省教育学院印刷厂

开　　本	880mm×1230mm　1/32
印　　张	9.375
字　　数	200 千字
印　　数	1-2000 册
版　　次	2013 年 11 月　第 1 版
印　　次	2013 年 11 月　第 1 次印刷
书　　号	ISBN 978-7-203-08294-1
定　　价	36.00 元

目　录

序一　大美朔州　赤子情深 …………… 刘英魁 001

序二 …………………………………… 高履成 001

序三　雁门关外一雅人 ………………… 杨俊峰 001

第一辑　近体诗

此方山水任吟哦 …………………………………… 003

　游龙庆峡 …………………………………… 003

　登八达岭长城偶感 ………………………… 003

　大连观海 …………………………………… 004

　大连行吟 …………………………………… 004

　塞北风光 …………………………………… 004

　恢河公园赞 ………………………………… 005

　西山森林公园 ……………………………… 005

　游金沙植物园 ……………………………… 005

　铜川放歌 …………………………………… 006

　崇福寺 ……………………………………… 006

　咏恢河大桥 ………………………………… 007

　崇福广场 …………………………………… 007

◎目录

咏故宫 …………………………………… 007

金龙池 …………………………………… 007

咏紫金山 ………………………………… 008

儿女山随吟 ……………………………… 009

朔城新村 ………………………………… 009

踏春口占三绝 …………………………… 010

兵马俑 …………………………………… 010

圆明园 …………………………………… 011

春　游 …………………………………… 011

花　红 …………………………………… 011

鄂尔多斯运煤路所见偶感 ……………… 011

洪洞大槐树 ……………………………… 012

登鹳雀楼兼和晋风 ……………………… 012

吉庄端午采风三首 ……………………… 013

襄阳赞 …………………………………… 013

夜　市 …………………………………… 014

夏夜街市 ………………………………… 014

登南山 …………………………………… 014

还乡游"水神堂" ………………………… 015

登高遥寄 ………………………………… 015

太原归朔途中有寄三首 ………………… 016

竹下琴鸣真兄弟 ………………………… 017

读《三国志·刘巴传》 …………………… 017

赠　友 …………………………………… 018

赠诗友 …………………………………… 018

5 月 27 日与友聚谈偶得 ……………… 018

葵窗
KUICHUANGJI

中国远征军 ·················· 019

姚明退役有感 ·················· 019

咏《三国演义》人物郭嘉 ·················· 019

咏《三国演义》人物程昱 ·················· 020

咏《三国演义》人物毛玠 ·················· 020

咏《三国演义》人物刘晔 ·················· 021

李梦痴兄回博有寄兼贺 ·················· 021

贺仙山孺子牛先生生日 ·················· 022

贺傅永明先生新集付梓 ·················· 022

诗友聚谈聊寄 ·················· 022

5月13日与同窗杨俊峰临汾夜酌 ·················· 023

悼杜甫 ·················· 023

致　友 ·················· 023

老子颂 ·················· 024

赠尚连山先生 ·················· 024

赠书画家孔宪明 ·················· 025

赠散文家孙菜芙 ·················· 025

闻保钓义士事有作 ·················· 026

致书法家高煜 ·················· 026

中华诗词论坛山西唐踪开版周年志贺兼和郝金樑

·················· 027

赠书画家何日春 ·················· 027

赠任春华 ·················· 028

贺莫言获诺贝尔文学奖 ·················· 028

贺友郑斌女儿出生 ·················· 028

贺庄满生辰 ·················· 029

◎ 目录

贺晋风荣升中华诗词论坛西部首席版主 ············ 029

初冬与张宝忠、梅斌雨前茶庄聚谈 ············· 029

咏司马光 ··· 030

悼齐凤舞先生 ·· 030

致诗友 ··· 031

赠解锋 ··· 031

十二月廿二日并州与诗友小聚 ················· 032

耶律楚材 ··· 032

素手翻开冰洁色 ································· 033

秋　山 ··· 033

赋　松 ··· 033

春　意 ··· 034

春　山 ··· 034

孔明灯 ··· 034

悬铃木 ··· 035

桃　花 ··· 035

日　照 ··· 035

赏梨花 ··· 035

杨　花 ··· 036

杜　宇 ··· 036

落　花 ··· 036

戏题青蛙 ··· 037

忆故园 ··· 037

沙　棘 ··· 037

夏日写意 ··· 038

野　草 ··· 038

飞　蓬 ……………………………………… 038

观　云 ……………………………………… 039

夏　花 ……………………………………… 039

咏　蝉 ……………………………………… 039

晴　云 ……………………………………… 040

月季花 ……………………………………… 040

大漠夕照图 ………………………………… 040

雄　鹰 ……………………………………… 041

秋　晨 ……………………………………… 041

含羞草 ……………………………………… 041

昙　花 ……………………………………… 042

咏三角梅 …………………………………… 042

七　夕 ……………………………………… 042

小　园 ……………………………………… 043

台风"梅花"来袭有感 ……………………… 043

笔 …………………………………………… 043

感　荷 ……………………………………… 044

秋声吟 ……………………………………… 044

秋　夜 ……………………………………… 044

咏　桂 ……………………………………… 045

重阳节感怀 ………………………………… 045

钓　趣 ……………………………………… 045

讽鼠二绝 …………………………………… 046

题山枫有寄 ………………………………… 046

咏　冰 ……………………………………… 046

芦　花 ……………………………………… 047

◎目录

雪 …………………………………………………… 047

盆　梅 ………………………………………………… 047

咏物两题 ……………………………………………… 048

读郭沫若《风筝》诗两咏 ………………………… 048

风 ……………………………………………………… 048

咏青莲 ………………………………………………… 049

杏花二题 ……………………………………………… 049

咏梨花兼和祁国明 ………………………………… 050

向日葵 ………………………………………………… 050

垦　牛 ………………………………………………… 050

雨　云 ………………………………………………… 051

和武立胜先生《蒲公英》 ………………………… 051

读魏野《啄木鸟》有感 …………………………… 052

秋　云 ………………………………………………… 052

彩　虹 ………………………………………………… 052

雨后兼和郝金樑 …………………………………… 053

咏　菊 ………………………………………………… 053

笼中虎 ………………………………………………… 054

十一月四日风雪大作 ……………………………… 054

寒　柳 ………………………………………………… 054

再咏寒柳 ……………………………………………… 055

可怜花落旧阑干 …………………………………… 056

元日寄友 ……………………………………………… 056

听　琴 ………………………………………………… 056

吟　古 ………………………………………………… 057

元夕随吟 ……………………………………………… 057

葵窗
KUICHUANGJI

春 来 …………………………………… 057

感国际事端两首 ……………………… 058

感事两首 ……………………………… 058

吊 古 …………………………………… 059

无 题 …………………………………… 059

流 年 …………………………………… 059

惊闻全国多地遭遇洪涝灾害 ………… 060

无 题 …………………………………… 060

七绝五首 ……………………………… 060

七月礼赞 ……………………………… 061

逃暑偶见得韵(二首) ………………… 061

闲 游 …………………………………… 062

观看庆祝中国共产党成立九十年大会

 实况转播有感(三首) ……………… 062

大暑随吟 ……………………………… 063

闲 居 …………………………………… 063

夏日农家随吟 ………………………… 063

蹦 极 …………………………………… 064

贺中国第一艘航空母舰瓦良格首航 … 064

伏日随吟 ……………………………… 064

秋雨有寄 ……………………………… 065

秋 意 …………………………………… 065

秋光两首 ……………………………… 065

贺"天宫一号"发射成功 ……………… 066

芦雁情 ………………………………… 066

辛亥革命百年感赋 …………………… 066

◎目录

重九醉语 …………………………………… 067

题图《小店》 ………………………………… 067

题油画《雪后》二题 ………………………… 067

初冬大雪 …………………………………… 068

扫　雪 ……………………………………… 068

平安夜闲咏 ………………………………… 068

冬事三首 …………………………………… 069

新年寄感 …………………………………… 069

降　温 ……………………………………… 070

有感于霸国战略东移 ……………………… 070

贺榆林诗词学会五周年华诞 ……………… 070

戏赠四首 …………………………………… 071

致《鄂尔多斯诗词》 ………………………… 071

榆树钱颂歌 ………………………………… 072

看电影《血钻》偶思 ………………………… 072

迟孝庐吟 …………………………………… 073

清　明 ……………………………………… 073

贺朔州诗词学会成立三周年 ……………… 073

傅永明先生赠书《碧野飞歌·续》 ………… 074

题电视剧《知青》寄感三题 ………………… 074

闲话《推背图》 ……………………………… 075

贺"神舟九号"与"天宫一号"对接 ………… 075

夏日午后 …………………………………… 075

高楼养花 …………………………………… 076

北京暴雨寄感 ……………………………… 076

看电影《贫民窟的百万富翁》有思 ………… 076

近事有感 ……………………………………… 077

又逢七七 ……………………………………… 077

车展偶感 ……………………………………… 077

联句三首 ……………………………………… 078

贺朔州诗词学会第二次会员代表大会召开 ……… 078

叹五黔娃垃圾箱饥寒殒命 ………………… 079

棚中花卉 ……………………………………… 079

贺《六味集》成帙兼和程连陞先生 ………… 079

读《雁丘词》兼和井人 ……………………… 080

恣戏风尘闲纵意 …………………………… 082

读诗聊寄 ……………………………………… 082

年终偶思 ……………………………………… 082

诗酒自嘲 ……………………………………… 083

中国人为什么不幸福的七大原因 ………… 083

静夜思 ………………………………………… 084

逐　梦 ………………………………………… 084

惜　春 ………………………………………… 085

春　去 ………………………………………… 085

感　春 ………………………………………… 085

感　遇 ………………………………………… 085

题洗澡偶寄 …………………………………… 086

晚　归 ………………………………………… 087

寻　芳 ………………………………………… 087

无　题 ………………………………………… 087

无　题 ………………………………………… 087

辛卯无题 ……………………………………… 088

◎ 目录

误 春 ………………………………………… 088

负 春 ………………………………………… 088

痛 春 ………………………………………… 089

再韵辛卯无题 …………………………………… 089

半窗残月忆边城 ………………………………… 089

还从落叶读秋声 ………………………………… 090

书 愤 ………………………………………… 090

嵌句诗 ………………………………………… 090

临屏口占二绝 …………………………………… 091

自嘲有寄 ……………………………………… 091

秋 吟 ………………………………………… 091

感 时 ………………………………………… 092

无题二首 ……………………………………… 092

酒后吟三首 …………………………………… 092

问 禅 ………………………………………… 093

讽物两首 ……………………………………… 093

冬夜闲咏 ……………………………………… 094

读近来新闻偶感 ………………………………… 094

读史偶寄 ……………………………………… 095

无 题 ………………………………………… 095

冬夜寄感 ……………………………………… 095

夜 饮 ………………………………………… 096

辛卯杂咏 ……………………………………… 096

冬夜寄感 ……………………………………… 096

余暇闲吟 ……………………………………… 097

见闻琐感 ……………………………………… 097

冬日偶书 ···································· 097

冬至杂咏 ···································· 098

诗 品 ·· 098

师 说 ·· 098

遣兴口占二绝 ································ 098

恭贺新禧 ···································· 099

冬末杂咏 ···································· 099

无 题 ·· 100

岁尾杂思 ···································· 100

书 怀 ·· 100

闲日偶作 ···································· 101

元夕随吟 ···································· 101

迎春两首 ···································· 101

伤 春 ·· 102

壬辰早春杂诗 ································ 102

无 题 ·· 102

盼 春 ·· 103

晨鸟惊梦 ···································· 103

感 事 ·· 103

读诗聊记 ···································· 104

春 信 ·· 104

雪 意 ·· 104

春夜闲吟 ···································· 105

无 题 ·· 105

春 意 ·· 105

茶 思 ·· 106

◎ 目录

春雨幽思 ……………………………… 106

咏　春 ………………………………… 106

春日闲语 ……………………………… 107

书　趣 ………………………………… 107

春暮联句 ……………………………… 107

书　兴 ………………………………… 108

春夜闲吟 ……………………………… 108

讽事杂咏 ……………………………… 108

无　题 ………………………………… 109

客居杂诗 ……………………………… 109

友　居 ………………………………… 109

赏桃书意 ……………………………… 109

无　题 ………………………………… 110

歌韵两首 ……………………………… 110

联　句 ………………………………… 111

寓兴有寄 ……………………………… 111

夜饮杂咏 ……………………………… 111

蜀犬吠日 ……………………………… 112

无　题 ………………………………… 112

无　题 ………………………………… 112

消夏所得 ……………………………… 113

看图说话七首 ………………………… 113

悯　农 ………………………………… 114

"百万富翁"自嘲 ……………………… 114

将进酒 ………………………………… 115

书　恨 ………………………………… 115

无　题 ……………………………………… 116

感　事 ……………………………………… 116

感事再题 …………………………………… 116

蝶　悲 ……………………………………… 117

读　诗 ……………………………………… 117

记　梦 ……………………………………… 117

知　秋 ……………………………………… 118

联　句 ……………………………………… 118

秋事感怀兼和魔女 ………………………… 118

史　问 ……………………………………… 119

秋日闲吟 …………………………………… 119

酒后随吟 …………………………………… 120

抒　怀 ……………………………………… 120

读史二章 …………………………………… 120

暮秋独行 …………………………………… 121

履　冬 ……………………………………… 121

冬暮呓语 …………………………………… 122

某僚画像 …………………………………… 122

微　思 ……………………………………… 122

初　雪 ……………………………………… 123

冬夜饮归 …………………………………… 123

酒后即兴口占两绝 ………………………… 123

冬日杂诗 …………………………………… 124

次韵宋代理学家程颢哲理诗《秋日》 ……… 124

感时两咏 …………………………………… 125

无　题 ……………………………………… 125

◎目录

答诗友 ……………………………… 126

醉 梦 ……………………………… 126

致诗友 ……………………………… 126

作诗聊记四首 …………………… 127

冬事兼和清徐一子及魔女 ……… 127

壬辰年终感思 …………………… 128

读词偶感 ………………………… 129

第二辑 长短句

盛世天歌慨复慷 ………………………………… 133

浣溪沙(广厦群楼气象新) ……………… 133

沁园春(大好河山) ……………………… 133

临江仙(梦里年年花事远) ……………… 134

水调歌头(澄澈仲秋月) ………………… 134

满江红(叹我河山) ……………………… 135

八声甘州(正清风浩渺扫秋晴) ………… 135

浣溪沙(叶落边山冷浸肤) ……………… 136

醉花间(词堪戏) ………………………… 136

临江仙(婉约此心无处诉) ……………… 136

水调歌头(朔气贯霄汉) ………………… 137

卜算子(五彩缀芳心) …………………… 137

卜算子(酥绿满苏堤) …………………… 137

鹧鸪天(慷慨悲歌醉几回) ……………… 138

八声甘州(缀五年情物入华章) ………… 138

临江仙(惊觉雪明知梦远) ……………… 139

清平乐(玉龙狂舞) ……………………… 139

浣溪沙(爆竹声浓惊夜时) ……………… 139

浣溪沙(几度绕梁燕子啼) ·············· 140

鹧鸪天(和暖新风总在春) ·············· 140

鹧鸪天(春使浮香满画楼) ·············· 140

渔家傲(六百年前江上雾) ·············· 141

昭君怨(顾影香疏岚麓) ·············· 141

南歌子(莫怨长安月) ·············· 142

减字木兰花(山河壮丽) ·············· 142

谒金门(山八百) ·············· 143

摊破浣溪沙(逝浪苍茫戚恻声) ·············· 143

鹧鸪天(酥手兰心挑素丝) ·············· 143

卜算子(光焰岛之边) ·············· 144

水调歌头(屈指数人杰) ·············· 144

满江红(碧海茫茫) ·············· 145

菩萨蛮(浮华镜里何曾足) ·············· 145

水调歌头(月出九霄净) ·············· 146

贺新郎(紫陌吟香处) ·············· 146

贺新郎(别有清寒境) ·············· 147

烛影摇红(词里红棉) ·············· 147

临江仙(宝色仙光宵九外) ·············· 148

重拾温情对叶题 ·············· 149

画堂春(深居一意攫荣华) ·············· 149

临江仙(不尽鸡窗残烛冷) ·············· 151

临江仙(曾笑万般皆下品) ·············· 151

卜算子(旧里不辞悲) ·············· 152

卜算子(寒谷育丹心) ·············· 152

西江月(东海攒珠撷翠) ·············· 152

◎目录

015

画堂春(鹏飞八裔气昂扬) ·················· 153

眉妩(著波光云海) ·················· 153

调笑令两阕(长路) ·················· 154

如梦令两阕(花事倥侗一梦) ·················· 154

好事近(雷电欲摧城) ·················· 155

菩萨蛮(谁持利剑开清宇) ·················· 155

浣溪沙(夜雨无端花满途) ·················· 155

清平乐(风霜参饱) ·················· 156

金缕曲(烛也流辉耳) ·················· 157

浣溪沙(昨日韶颜秋畔篱) ·················· 157

一曲英雄多寂寞 ·················· 158

临江仙(失意浔阳江口客) ·················· 158

临江仙(一曲英雄多寂寞) ·················· 158

临江仙(三略六韬无用处) ·················· 159

临江仙(无道州邦何悟道) ·················· 159

临江仙(柳髻芳名忠义后) ·················· 159

临江仙(扼腕衔悲忠武汉) ·················· 160

临江仙(天猛生威霹雳火) ·················· 160

临江仙(铁胆神威忠烈将) ·················· 160

临江仙(倜傥天英真伟俊) ·················· 161

临江仙(富贵如云龙凤裔) ·················· 161

临江仙(谨守豪奢难自保) ·················· 161

临江仙(务里殷勤忠义汉) ·················· 162

临江仙(不养灵光成鲁达) ·················· 162

临江仙(磊磊此身怀义胆) ·················· 163

临江仙(天立将横冲直撞) ·················· 163

临江仙(去石飞蝗神鬼哭) …………………………… 163

临江仙(大志遭逢天暗暗) …………………………… 164

临江仙(神技钩镰天下识) …………………………… 164

临江仙(忠武一生轻百战) …………………………… 164

临江仙(暗处好施双脸面) …………………………… 165

临江仙(浪荡江湖多尚义) …………………………… 165

临江仙(混世浮沉天杀怒) …………………………… 165

临江仙(焚却浮华除块垒) …………………………… 166

临江仙(豪霸诸乡威凛凛) …………………………… 166

临江仙(插翅虎威深涧纵) …………………………… 166

临江仙(山水一方藏大智) …………………………… 167

临江仙(风浪砺磨孤胆汉) …………………………… 167

临江仙(月黑风高船火暗) …………………………… 167

临江仙(踏浪斩鲨真气概) …………………………… 168

临江仙(一线白条翻浊浪) …………………………… 168

临江仙(江水悠悠浮日月) …………………………… 168

临江仙(不问愚贤刀染血) …………………………… 169

临江仙(仗义多从欺世客) …………………………… 169

临江仙(野日林深多猛士) …………………………… 169

临江仙(力喝威生驱虎豹) …………………………… 170

临江仙(浪子风流多识见) …………………………… 170

蝶恋花(昨日浮华今略领) …………………………… 170

蝶恋花(不恨红尘如去水) …………………………… 171

蝶恋花(月照西泠生乱影) …………………………… 172

蝶恋花(璧月琼花堪入曲) …………………………… 172

满江红(烈火雄心) …………………………………… 173

◎ 目录

017

蝶恋花(慧绝璇玑千字馥) ……………………… 173

中年更觉斯情切 …………………………………… 174

金缕曲(二十年华月) …………………………… 174

忆江南两阕(阑珊梦) …………………………… 174

满江红(若个无情) ……………………………… 175

六州(孤塞地) …………………………………… 175

临江仙(佳合鸾俦相比翼) ……………………… 176

点绛唇(塞草边风) ……………………………… 176

采桑子(当年意气何方尽) ……………………… 177

瑶池燕(林花飘散) ……………………………… 177

捣练子(春夜静) ………………………………… 177

长相思(木华清) ………………………………… 178

相见欢两阕(有心挽得春风) …………………… 178

浣溪沙(觅却闲愁风雨疏) ……………………… 178

卜算子(月照去年人) …………………………… 179

浣溪沙(风叶断蛩月独明) ……………………… 179

鹧鸪天(一段幽思一段愁) ……………………… 179

采桑子(绿杨烟里孤村外) ……………………… 180

鹧鸪天(纸上高谈心上忧) ……………………… 180

沁园春(寂寞红尘) ……………………………… 181

鹧鸪天(自有真情常不喜) ……………………… 181

菩萨蛮(前情只合成追忆) ……………………… 182

浣溪沙(几度西窗红蜡灰) ……………………… 182

浣溪沙(不喜林花春意腾) ……………………… 182

菩萨蛮(窗边火树筵边酒) ……………………… 184

与君把酒道痴话 …………………………………… 185

多丽(整茶醪) ························ 185

南乡子(旧梦几回真) ···················· 185

西子妆(问却闲云) ····················· 186

生查子(可怜月似钩) ···················· 186

蝶恋花(才见霞光披四野) ·················· 186

巫山一段云(几度阳春雪) ·················· 187

春云怨(年年草色) ····················· 187

十二时慢(莫凭阑) ····················· 187

马家春慢(才诵飞花) ···················· 188

绿盖舞风轻(把酒酹苍黄) ·················· 188

玉女迎春慢(重上层楼) ··················· 189

歌头(漫嘘唏) ······················· 189

大椿(风浊风清) ······················ 190

临江仙(闲对林红春又去) ·················· 190

临江仙(醉里常思风月好) ·················· 190

蝶恋花(叹罢知音弦断处) ·················· 191

临江仙(利欲熏心诸事已) ·················· 191

水调歌头(累牍赞飞越) ··················· 192

菩萨蛮(西风满院林花瘦) ·················· 192

临江仙(检点痴嗔多少事) ·················· 193

临江仙(前日飞蓬今日雪) ·················· 193

浣溪沙(些许雪光些许春) ·················· 193

采桑子(千金易去心难老) ·················· 194

小重山(明月清风伴老松) ·················· 194

虞美人(春山春水寻常见) ·················· 194

采桑子(年年柳陌春来早) ·················· 195

◎ 目录

019

鹧鸪天(袖里玄机大小巫) ·················· 195

一剪梅(古调新词两鬓秋) ·················· 195

破阵子(适兴风云迭起) ·················· 196

春草碧(又沾衣柳绵) ·················· 196

鹧鸪天(香陌深深春又终) ·················· 197

行香子(雨亦柔情) ·················· 197

忆王孙(落花何处觅春深) ·················· 197

醉太平(江清月明) ·················· 198

生查子(长亭十里风) ·················· 198

浣溪沙(霞落柳风鸟影孤) ·················· 199

小重山(秋事苍黄风雨频) ·················· 199

卜算子(何事合成愁) ·················· 199

采桑子(人间多少真情意) ·················· 200

采桑子(时来风雨濡尘耳) ·················· 200

临江仙(问却愁情需尽酒) ·················· 200

破阵子(镇日西风漫卷) ·················· 201

鹧鸪天(更惜窗葵戴日晖) ·················· 201

虞美人(当年月又秋窗畔) ·················· 201

鹧鸪天(变态风云人不惊) ·················· 202

鹧鸪天(堪破机心不得闲) ·················· 202

浣溪沙(试得新寒雪后头) ·················· 202

浣溪沙两阕(词里梅花分外红) ·················· 203

鹧鸪天(雪霁江天一色清) ·················· 203

第三辑　散曲

【仙吕·一半儿】　琴音 ·················· 209

【仙吕·一半儿】　棋语 ·················· 209

【仙吕·一半儿】　书趣 ……………………… 209

【仙吕·一半儿】　画意 ……………………… 209

【中吕·山坡羊】　叹宋江 …………………… 210

【越调·小桃红】　春来 ……………………… 210

【仙吕·一半儿】　题效颦图 ………………… 210

【正宫·叨叨令】　说斯文 …………………… 210

【越调·小桃红】　春日闲寄 ………………… 211

【南吕·四块玉】　画梅 ……………………… 211

【南吕·四块玉】　品竹 ……………………… 211

【南吕·四块玉】　赏菊 ……………………… 211

【南吕·四块玉】　相思 ……………………… 212

【南吕·四块玉】　桃花歌 …………………… 212

【中吕·卖花声】　李煜 ……………………… 212

【中吕·卖花声】　柳永 ……………………… 212

【正宫·塞鸿秋】　广西景象之宁明花山 …………… 213

【正宫·塞鸿秋】　广西景象之德天瀑布 …………… 213

【南吕·干荷叶】　广西景象之友谊关 ……………… 213

【南吕·干荷叶】　广西景象之靖西古镇旧州 ……… 213

【越调·小桃红】　广西景象之百色起义纪念馆 …… 214

【越调·小桃红】　广西景象之百色乐业大石围天坑

……………………………………………… 214

【双调·庆宣和】　长寿之乡巴马 …………… 214

【双调·庆宣和】　河池小三峡 ……………… 214

【双调·沉醉东风】　怀乔吉 ………………… 215

【双调·沉醉东风】　颂关汉卿 ……………… 215

【双调·拨不断】　惜古 ……………………… 215

◎目录

【双调·拨不断】 问情 …………………………… 216

【双调·拨不断】 鱼 ……………………………… 216

【双调·胡十八】 蟹 ……………………………… 216

【双调·胡十八】 秋鸭 …………………………… 216

【双调·步步娇】 秋意 …………………………… 217

【双调·步步娇】 叹世 …………………………… 217

【中吕·醉高歌】 "飙车事件"偶感二首 ………… 217

【越调·天净沙】 清洁工人 ……………………… 218

【仙吕·一半儿】 思 ……………………………… 218

【中吕·山坡羊】 贺《中国当代散曲》创刊 …… 218

【中吕·喜春来】 春曲 …………………………… 218

【中吕·喜春来】 归燕 …………………………… 219

【中吕·醉高歌带过喜春来】 咏梅 …………… 219

【仙吕·一半儿】 儿童节戏谑两首 ……………… 219

【中吕·卖花声】 夏收景象 ……………………… 220

【双调·得胜令】 龙虾 …………………………… 220

【双调·得胜令】 花生 …………………………… 220

【仙吕·一半儿】 谒山佑老儿 …………………… 220

【仙吕·一半儿】 赠晋北儒生 …………………… 221

【中吕·山坡羊】 闲咏 …………………………… 221

【双调·沉醉东风】 闲日 ………………………… 221

【双调·庆宣和】 窗外群童攀树摘桃戏作 ……… 222

【双调·庆宣和】 某僚 …………………………… 222

【仙吕·醉中天】 戏题魔女醉酒 ………………… 222

【仙吕·醉中天】 惊梦 …………………………… 222

【仙吕·寄生草】 喻世 …………………………… 223

【中吕·山坡羊】 赠山佑老儿 …………………… 223

【正宫·叨叨令】 花前语 …………………………… 223

【中吕·山坡羊】 咏家乡 …………………………… 223

【中吕·山坡羊】 西口遥思 ………………………… 224

【中吕·山坡羊】 当窗急雨所思 ………………… 224

【中吕·山坡羊】 闲日 ……………………………… 224

【中吕·山坡羊】 戏题高考 ………………………… 224

【中吕·山坡羊】 听戏 ……………………………… 225

【中吕·山坡羊】 石不语 …………………………… 225

【南吕·四块玉】 蝶梦 ……………………………… 225

【南吕·四块玉】 讽世 ……………………………… 225

【双调·拨不断】 与旧日同窗夜饮 ……………… 226

【双调·落梅风】 无题 ……………………………… 226

第四辑　现代诗

刻舟求剑 ………………………………………… 229

也写李煜 ………………………………………… 230

守株待兔 ………………………………………… 231

心香几瓣 ………………………………………… 233

城市风景 ………………………………………… 237

神头山水(组诗三首) ………………………… 239

烛　焰 …………………………………………… 242

叶公好龙 ………………………………………… 243

给云水流烟的十二行 ………………………… 245

自相矛盾 ………………………………………… 246

梅语或者思念的断章 ………………………… 247

剪月亮 …………………………………………… 249

◎目录

圣诞之夜 ……………………………………… 250

圣诞树 ………………………………………… 251

2008,请听我轻轻诉说 ……………………… 252

让我们从一句宋词开始 ……………………… 254

梦 魇

    读威廉·戈尔丁小说《蝇王》……………… 255

这一天 玉树扯痛了所有人的目光 ……… 256

观 海 ………………………………………… 257

跋 …………………………………………… 260

葵窗

集

KUICHUANGJI

序一
大美朔州　赤子情深

　　大美朔州,雄伟蜿蜒的内长城横阻雁门之北,苍莽林麓扼守杀虎口之南,这里历史悠久,民风淳朴,人文荟萃,资源丰富。多少年以来,这一方民众弘扬正气,开拓进取,经济社会"硬实力"不断提升,同时在加速继承和发扬民族优秀文化传统"软实力"方面也取得了可喜的成果。不少基层文字工作者默默倾心于文学,痴心讴歌着生活,匠心独具,妙笔生花,为构建和谐社会和文化大繁荣添上了重重的一笔。青年诗人师红儒同志就是其中重要的一员。值其《葵窗集》出版之际,我致以由衷的祝贺!

　　"诗者,天地之心,君德之祖,百福之宗,万物之户也。"传统诗词是汉语言的艺术结晶,是民族精神、人文道德、文化传统的载体,以其凝重雅致成为中华文化瑰宝中的高峰。师红儒同志在工作之余研习传统诗词,遵守韵律,推敲文字,笔耕不辍。以其饱满的深情和独到的视角,立足生活,歌赞盛世,扬清激浊。其诗词感情真挚,取材广泛,内容丰富,形式多变,笔触灵活细致,体现出韵文特有的品格和审美情趣。

　　钟情于山水,陶冶情操,讴歌壮丽山河,是诗人的长项。师红儒同志对山川景物更是观察入微。《葵窗集》之葵所指就是朔州市花蜀葵，之所以以葵为书名，可见他对此方物华的独特深意。他在朔城区工作，自然对那里的风土人情倾情更多。金沙植物园、西山森林公园、恢河、紫金山、儿女山、金龙池等自然风光在他笔下更显风采。"旷野雄浑舒壮气，远村秀丽乐新楼。惠风和畅人心暖，一派欣荣遍地流。"和谐丰足的塞外生活画卷缓缓展开，"一桥飞架康庄路，仰接星辉俯饮波。巨擘雄心宏略展，龙腾盛世捷音多。"通过对恢河大桥的赞美，抒发出这方人民团结奋斗共创辉煌的雄心伟志。"儿女山巅祈愿台，心心叠石近云埃。雄浑林麓延千里，苍莽边风汇九垓。""尉迟故里杰灵地，侪辈豪情锦绣天。更喜新城连紫塞，高楼万座插云端。"优美的自然风光，宜居的塞外新城，款款道来，使人陶醉。他不但描写家乡景物，还放眼中华大地，写下了许多锦绣华章，并在全国征文获奖作品中占得一席之地，洛阳牡丹、鹳雀楼、嘉兴端午文化、深圳建市 30 周年等诗集中都有他的身影，实属难得。

生活是诗人用之不竭的灵感源泉，热爱生活，关心时政，投身报国使历代文人墨客留下了大量可歌可泣的优秀诗篇。赞美生活，站在历史的高度抒发情感，使诗词成为人们争相传诵的高雅艺术。诗人一边面对着火热的生活，一边要静下心来把独特感受诉之笔端。师红儒同志写了大量的诗篇来歌颂新时代新形势新生活，《七月礼赞》中他这样写道："和风丽雨壮神州，世纪华声七月留。浴血红旗旗更艳，舍身大义义方遒。"观看中国共产党成立九十周年实况转播激发了诗人的创作激情："华夏腾飞志气长，山欢水笑庆辉煌。赞歌今昔人才众，千古长城是脊梁。"在喜闻"天宫一号"发射成功后，他顿生豪气："红旗漫染云霞界，豪气高擎玉桂盅。十亿欢声歌此日，雄风壮志向天公。"辛亥革命百年纪念日触动了诗人的爱国热情："长夜东方迎曙色，武昌首义破坤乾。悲歌此路恨而血，真理共和苦与艰。""九州意气九州志，一寸河山一寸仇。七七天何凄恻色？云开红日照金瓯。"七月七日卢沟桥事变纪念日激发了他的忧患意识和悲愤情结，足以见其饱满的爱国情怀和远大抱负。

关注民生，用心体验生活，是诗词艺术活力长存的根本。诗人不但要有才华，还应该有一颗真诚的心，把身边的真善美发掘出来，通过韵文这一形式带给人们阅读快感。师红儒同志无疑很关注身边事物的变化，但凡国际时局、历史变革、天时人事、情态物理在他笔下都有独到的描写。"慷慨悲歌醉几回，吟成塞北不知梅。野云漠漠随风下，暇逸恢恢伴雪飞。"他善于感悟生活的细节和情感变化，托物言情。"长恨行云抛掷久，大风乍起难凭。层楼更上望天青，二三归鸟急，笑我影伶俜。"平常物象在诗人笔下都是鲜活灵动的，"再弹清泪对天狼。慨慷歌未歇，正色叱炎凉"。可见文骨。"恨无彩翼海之东。清音依旧在，花胜旧时红。"体现出吟者对美的追求。他很注重遣词用句，各种文体都有所涉猎，基本做到了内容和形式的有机结合。

当然，师红儒在诗词意境的构建上还需继续努力，语言表达上要力争走出"小我"的局限，在立意高度上还有待进一步提升。

马凯同志在中华诗词研究院成立大会上指出，几千年过去了，中华民族一代又一代人创作了大量脍炙人口的光辉诗篇，在记载历史、传承文化、启迪思想、陶冶情操、交流情感、享受艺术、丰富人们的精神世界、提升中华民族凝聚力、推动社会文明进步等方面发挥了重要作用。中华诗词是中华文化瑰宝中的明珠，有

◎ 序一　大美朔州　赤子情深

着无穷的魅力和强大的生命力。它以汉字为载体,把汉字的独特优势发挥得淋漓尽致,按照合乎美学规律的格律规则,形成了同时兼有均齐美、节奏美、音乐美、对称美和简洁美的大美诗体,使诗作语言精练、易学好懂、上口好记,是世界上许多以拼音文字为载体的诗歌所难以比拟的。希望师红儒同志勤学苦练,立足在朔州大地,以其生花妙笔多写出歌颂家乡沧桑巨变赞美祖国腾飞的优美诗篇。

是为序。

中共朔州市委常委
朔州市委宣传部部长

2013 年 5 月

序二

　　唐踪诗社青年诗友师红儒是一个多产诗人，2010年由大众文艺出版社出版了他的首部诗集《烛影摇红》；时隔一年，第二部诗词集《紫陌吟香》又由作家出版社出版；今春，又推出了第三部《葵窗集》，将由山西人民出版社出版。四年出三本诗集，虽说在当今诗词界不能说没有，却实不多见。同在唐踪，有幸读过前两本，今又得到第三本诗稿，不得不佩服其才思敏捷、创作勤奋。也由于这几本书，对他有了进一步的了解，在读完《葵窗集》诗稿后，忍不住想在此说几句话。

　　诗人年方不惑。生于晋北某县的偏僻山村，幼时并没受过专门的诗词教育或得到过什么高人指点，能回忆起来的仅是"和小伙伴们光着脚奔跑在山间地头尽情欢乐的片段"（见《紫陌吟香·后记》），后到朔州读了中学，再去太原念了中专，仅此学历因爱好诗词而自学，竟成为一个四年出三本书的业余诗人！在地区和省内外有了较大的反响，并得到了许多诗友和名家的认可。溯其根由，这种现象和诗人所在的地域文化有关，也说明传统文化的根本源于中华大地。雁北地区历来是文胜之地，特别在北朝和金元时期曾几度辉煌，涌现出许多诗词大家，一时名人辈出，对中

◎序二

华民族传统文化做出过很大的贡献，自然也形成了独特的地域文化。一方水土养一方人，这一文化区中的风土人情、乡规村俗、方言土语、民谣曲调、二人台、耍孩儿、朔州大秧歌、浑源道情等无不影响着一代又一代人的文化传统。红儒生于斯长于斯，便不足为怪。经过刻苦学习，诗人在创作传统诗词方面不仅技巧已成熟，且在章法和谋篇上达到了稳健有度，状物传神，在创作上掌握了相应的规律并表现出自己的风格。更可贵的是，他学古但没有泥古不化，而是从用语和情感表达上能和时代合拍，易于被当代接受并可进行交流。在写景咏物时，能以象入境，意韵合一，选韵时不仅重声，更知重情，使诗词在章法上、架构上密而不疏，繁而不杂，格律严整，字宁句稳，典不生僻，语不艰涩，善于运用当今语言，以文以载道为宗旨，为当今社会认可。并且，他较好地熟悉了汉字四声和音韵的妙处，在会写诗的基础上达到了一个"通"字，可造景入境，达到意象合一的效果，即便是信手拈来，也能写出许多好诗佳句。在言志抒情时，做到了格调高雅，情真意远，将内心感情真实地用文字表达出来，避免了空洞无物和浮沉过度的不当诗风，呈现出诗因情至笔随心转的特色。所以，作品能够真挚感人，意境至美。

元曲，在描情状物和意境创造方面直接继承了唐诗宋词的精华。由于和戏曲关联，常与戏剧人物联系在一起，作为唱曲的一种格式，在人物性格及内心刻画上又往往超出了诗词的功能。元散曲是在诗词达到高峰后，后人已难以超越时，文人雅士将眼光回归到民间，在山歌民谣中汲取新的营养而创造出一种新诗体，有别于诗词而被后人称为散曲。值得一提的是，元曲兴于金元时期，而红儒的故乡又居于金元时期文化的中心地区，曾出现过元好问、白朴、刘祁等文学大家。独特的地域文化培育了这些大家,回过头来又影响了地域文化的繁荣,红儒不能不受到这一地域的影响。再则诗词曲本身是不可分割而独立的文体,三者有着直系血缘的关系。作为后人,可以偏重其中之一,但不能不懂另外两种。可以说,不懂诗就不会懂词,更不识曲,反之也是如此。红儒在前两册书中以诗词为重,而在《葵窗集》中收录了许多散曲,正是弥补了前两册诗集的不足。

红儒学散曲稍后于诗词,这是必然的,也是一般人学传统诗词的规律。

有了诗词的功底,学写散曲就容易多了。红儒从写小令开始也正是这一规律的反映,因为小令更近于词,犹如诗中的绝句,句短而意深,从写小令练笔,能打好学曲的基本功,由小令而带过,由带过而成套,这是基本常识。红儒认识到了这一点,宫调、曲牌、谱式、音韵四种散曲要素并沿而行,自然会掌握学曲的正途。在所写的散曲中能语出天籁,抒收自如,信手由然。笔刀苍劲,用词鲜活,刻画于外且表露于心。 值得一提的是,红儒自学曲以来,利用网络广交四方曲友,虚心向曲友求教,特别是今春和今秋,有幸参加了两次国内较大的曲坛盛会, 先是"并州曲会",不逾半年又在北京参加了马致远元曲论坛,曲界谓"京西曲会"。这是两次在散曲界影响较大的雅集,集南北许多对散曲有研究的曲人。亲历二次会议,认识了许多大家,能抓紧一切空隙虚心求教,尽最大努力汲取散曲知识和创作经验,其心可鉴。而许多曲家也都喜欢上了这个年轻人,建立了如师生般的曲友关系。因而更加激起了他学散曲的热情,使创作的曲作得到升华,《葵窗集》中的曲选就可证实这一点。红儒正值年轻,对诗词曲学习和创作也可以说是刚刚起步，来日方长，有继续努力的时间和潜质。希望红儒能一直走下去，虚心学习，多写出优秀作品，这样，对地域文化的继承和发展是难以估量的。

山西诗词学会副会长
太原诗词学会副会长
黄河散曲社副社长
唐踪诗社社长

二〇一三年十月于太原

序三
雁门关外一雅人

　　老同学师红儒诗集《葵窗集》即将付梓，电话吩咐我为之作序。我并非名人雅士，深感汗颜。但同时又为他对诗词求索不舍的精神深深折服。屈指算来，从踏出校门各奔前程到如今整整二十个年头，可谓长路如歌，这些年里发生了天翻地覆的变化，同学们也在各自的领域有所成就，其中身居要职、商场得意者大有人在，可在文学领域默默独行者却只有他一人。

　　去年夏天的一个傍晚，我忽然接到一个外地的电话，电话里却是久违而又熟悉的声音。放下手头的俗务，我立即赶到宾馆。时隔多年，红儒略带发福，他戏谑着说：你是事业有成秋染两鬓，我是心宽体胖悠闲自在。同时送给我一本诗集，原来老同学还在坚守着他的文学梦！我俩一瓶老酒直喝到凌晨三点，为各自的遭际时而拍案叫好，时而唏嘘饮叹，我也了解到了他的近况，红儒说："我要做自己喜欢的事情，为诗词宁愿平凡一生。"我知道他是认真的，他是在平凡的岁月中铸造不平凡的事业。次日晚上，他发信息告诉我已平安返朔，并赋诗一首：

5月13日与同窗杨俊峰临汾夜酌

关山千里人依旧，二十年前意气生。

汾水惜流锁秀色，客心未倦振华声。

安身磊磊勤和俭，立业兢兢盛与兴。

谁使雄风前路驻？酒阑更见满天星。

"磊磊"、"兢兢"就是我俩这些年的生活态度，所不同的是人生的价值取向。如今社会，人们看重的是一个人能创造多少财富和拥有什么，恰恰忽略了精神层次的满足。红儒的内心是充实而富足的，他所歌所咏的就是人们所缺少和忽视的真情。翻阅他的诗稿，我也随之心潮起伏，久久不能平静，时而如明月清风，时而如险壑急湍，时而锦瑟清音，时而大吕宏声。红儒是感性的、多思和敏锐的，他善于把生活中情感的变化通过格律诗词文体记录下来，诗词曲无不精通熟稔，文笔在婉约中略带沉稳，纤美中略显忧郁，这可能与他的生活际遇相关。而他的诗取材广泛、感悟深刻、文笔细致、情真意切，读起来很能感染人心。

持守诗心不觉寒

这是红儒对诗的态度，也是对生活的热爱，正因为他钟情于诗词，所以诗词对他也是偏爱的。"一年点检喜参忧，闲乐无边务里休。捂耳携童燃焰火，放歌随兴上山丘。"《岁尾杂诗》中流露出一种豁达从容，正因为有诗，他的内心充满着平静和愉悦。他才能从"繁华镜侧凝神久，歌舞樽前笑万金"的世事喧嚣中找到自己的坐标，转而进入到"青枝霜蕊著，紫陌暗香吟"的人生境界。浮躁的人写不出冷静的诗，没有真情的人写不出打动人的作品。红儒写诗往往一挥而就，且每天都有新作示人，诗作在全国各地多家报刊发表，就是缘于他对诗词的热爱和对生活独到的感悟。

离乱疏狂一段梦

"为息忧心需纵酒,也抛红泪问因由。吟香梦里终归错。落木阑边莫说愁。"诗人是多愁善感的,缘于对人对事对物的忧心。红儒是个率真的人,他不问功名得失,执着地以自己的方式面对人生,"游宦邀欢实可怜,百回饮叹酒阑珊",大有"浅斟低唱"柳三变之疏狂,在诗卷中酒字更是随处可见,宴饮风流古人遗风时时显露,酒能触动诗情,同时酒又能虚幻生活中的离落,每一个真性情的人在现实生活面前大约只能"烹狗莫谈窗外事""倦抛醉眼颂荣繁"了。

人边自命我风流

艾青先生说过:诗人应自信。"词里娇花无限好,岁寒几个显精神?"诗人这样发问。生活的节奏日渐加快,在时间长河中我们都在为能有高质量的安逸生活辛苦奔波着,可当有一天再回首时却发现又回到原点,或者是一个又一个的起点在等待着,反而失却了应有的从容和自信。红儒从第一本诗词集《烛影摇红》出版便确立起了信心,从加入山西诗词学会到被中华诗词学会吸收,显示着他的才华得到社会认可,自信是诗词创作源源不断的动力,生活是诗词创作永不枯涸的源泉。"笔破荒唐图一笑,纵暇余意兴倾天柱。歌未歇,景光路",人的一生不一定非得飞黄腾达、权高位显才能被社会认可,"冰心素魄人长久,笑里征程紫气生",自信坦荡的文心才会在浩瀚的历史空间留下痕迹。

满地霜尘不识艰

　　读红儒的诗词，往往被伤感凄恻的情愫缠绕。红儒重感情，属于不折不扣的性情中人，当然词里诗间就流露出许多恋旧情节，"可怜明月缺三分，重提起，忆里最销魂"不免为之凄凉，堪比李后主的落寞。然而他又每每从旧情怀中展望前景，给人希冀，"清音依旧在，花胜旧时红"，这是他的高明之处。"知谁团扇凄凉咏？算今来、繁华过处，叹余鸿影。书里楼烦终难是，瘦却林梢月镜"，他对家乡历史沧桑极度关注，并通过雅词表现得淋漓尽致，红儒喜欢写历史人物，他不是靠直观描写切入，而是巧妙地借情景渲染转而刻画出人物的命运和表达出自己沉重的反思，《水浒传》人物一下子就写了三十六个，却无一雷同，最后归于"荒沙埋志士，寂寞蓼花汀"，足以见其功力。

　　红儒是勤奋的，这种锲而不舍的笔耕已得到回报，他又是幸运的，能在寂寞红尘中找准人生的方向。希望他能贴近生活，走出自我，多写出有内涵经得起岁月风尘的诗作，诗心不老，文情常健。

　　以上赘言，勉为序。

杨俊峰

2013 年 4 月书于临汾

　　注：杨俊峰先生系临汾惠祥学校董事长，优秀教育工作者。

第一辑

近体诗

此方山水任吟哦

游龙庆峡

真水真山真景色,奇峰壁立小孤天。

骄龙乏术潭中锁,岚霭无心谷里旋。

九曲碧波通幻境,几时观弈对神仙。

乘舟襟底生凉意,常使清风伴我还。

(2011 年 8 月 1 日)

登八达岭长城偶感

雄浑一脉困苍龙,横遏风云万仞中。

林麓茫茫凭古意,要留豪兴到无穷。

(2011 年 8 月 3 日)

大连观海

碧海空濛云汉去,浩荡一线是天涯。

艇批玉线风光异,日出东方气象嘉。

潮落礁斜藏蟹贝,港空帆远待渔家。

听涛踏浪心难已,魂梦悠悠陟远遐。

(2011 年 9 月 20 日)

大连行吟

花园城里风光异,傍水依山别样天。

金石雄姿惊宇内,虎滩秀色醉人间。

听涛神爽临星海,归晚舟闲泊港湾。

遍种梧桐栖彩凤,辽东岛上铸新篇。

(2011 年 9 月 23 日)

塞北风光

黄叶萧萧塞外秋,清霜凝素菊花头。

登高豪兴飘千里,放眼苍茫怯百愁。

旷野雄浑舒壮气,远村秀丽乐新楼。

惠风和畅人心暖,一派欣荣遍地流。

(2011 年 10 月 11 日)

恢河公园赞

据清代《朔州志》记载,恢河伏流在南50里,出宁武军山口,到红崖儿村伏流15里,至塔衣村南涌出,经城南至马邑。入桑干河,俗呼南河。恢河公园乃朔城区南一新兴景观,弱柳依依,波光潋滟,楼榭叠起,是休闲胜地。

龙池遗失夜光珠,潋滟清波朔土殊。

慷慨劬劳多着力,恢河旧貌换新图。

(2012年1月13日)

西山森林公园

惠风和畅漫西山,秀木亭台纳一园。

紫塞时闻新景致,辟开瘠土筑花坛。

(2012年2月1日)

游金沙植物园

何处游园千顷绿?四时春色驻金沙。

苍梧桂栋常栖凤,棠棣兰葩正著花。

石畔瑶阶生古意,亭前碧水挂霓霞。

只疑身置蓬瀛岛,云淡风轻好泛槎。

注:金沙植物园位于山西省朔州市朔城区,总占地面积2600亩。公园从2009年10月开始建设,有菊花园、月季园、海棠园等20多个品种园,栽植

各种树木 310 万株,是塞北最大的植物园地,具备科研展示、苗圃生产、生态保育、科普教育和景观游览等多种功能,园区分为高大乔木、生态群落、花卉、疏林草地和水生植物等多个展示区。

(2012 年 2 月 19 日)

铜川放歌

千年光彩耀铜川,无限欢歌无限山。
姜女泪池需浩叹,药王碑碣漫高瞻。
泉寒烟紫生灵地,物阜风淳著美谈。
更有雄心谐壮志,辉煌盛世敢争先。

(2012 年 2 月 26 日)

崇福寺

千载宏深圆智镜,一方净域诵心香。
德垂禅伟缘崇福,更有松风拂月光。

注:坐落于朔城区东大街北侧的崇福寺,俗称大寺庙。寺院坐北面南,规模宏大,南北长 200 米,东西宽 117 米,占地面积 23400 多平方米,五进院落,十座殿宇。该寺布局严整,构造壮观,殿内塑像、壁画、琉璃脊饰、雕花门窗荟萃一堂,是一座不可多得的古建艺术殿堂。崇福寺创建于唐高宗麟德二年(665 年),是马邑名将尉迟敬德奉敕而筑。自山门由南向北有金刚殿、钟楼、鼓楼、千佛阁、文殊殿、地藏殿、大雄殿、弥陀殿和观音殿。布列适当、主次分明,是一座规模完整、宏伟壮丽的古代建筑。

(2012 年 2 月 28 日)

咏恢河大桥

一桥飞架康庄路,仰接星辉俯饮波。
巨擘雄心宏略展,龙腾盛世捷音多。

（2012 年 3 月 7 日）

崇福广场

雕梁凤阁钟灵地,崇福坪间积庆多。
敬德仁心通万古,此方山水任吟哦。

（2012 年 3 月 14 日）

咏故宫

丹墀玉陛深宫锁,十万巍崇十万龙。
紫禁宏声传旷宇,金銮瑞霭贯苍穹。
八方辐辏听乾化,四海心归唱政通。
昔日辉煌朝阙里,流连大众叹巍崇。

（2012 年 3 月 15 日）

金龙池

金龙池畔风光异,芦荻青青柳色新。

碧水常怀擒马客,清波脉脉四时春。

注:金龙池为桑干河源头第一泉,约占地40多亩。这里泉水向上腾涌,湖面碧波荡漾,湖中有水围寺,岸边有鄂国公庙和尉迟恭擒海马时单臂拧成的螺纹柳。马邑古八景之一的"龙池夜月"指的就是这里。它北依洪涛山,南接古马邑,由神头七泉组成,即神头海、三泉湾、金龙池、七星海、五花泉、莲花池和磨轮湾;神头泉群又名神头海,亦称桑干温泉,严冬不凝,是黄河著名的大型岩溶泉群,历史悠久,远近驰名。

(2012年3月19日)

咏紫金山

层林幽邃紫金山,千嶂成屏横塞边。

灵兽谐鸣天府路,仙葩悄著白云巅。

五松曾戴汉秦月,万籁欣迎尧舜年。

苍翠雄风题不尽,催开锦绣在家园。

注:紫金山位于朔城区东南30公里处,周长约25公里,主峰海拔2122米,山上灌木丛生,野兽出没,为朔城区南部与宁武县的分界线。此山生长一种名曰紫荆的落叶灌木,可入中药,因植被得名紫荆山,后谐音为紫金山;另一种说法是因主峰呈金字形而得名。总面积15万亩,保护区内山势雄伟,山岭巍峨,山脊背区宽阔,有100多种野生动植物。其中26种为国家二级以上保护动植物。保护区核心区有国内少有的森林与草原过渡区5万亩天然次生林,森林茂密,泉水漫流,鸟语花香,野生动物多,林草长势好,森林景观好,林草总覆盖度达90%,是避暑的绝好地方。

(2012年3月28日)

儿女山随吟

儿女山巅祈愿台,心心叠石近云埃。

雄浑林麓延千里,苍莽边风汇九垓。

点点草花秋意染,层层沙棘赤霞开。

民歌野雀相谐唱,闲适登高道快哉!

注:儿女山位于山西朔城区西 25 公里,主峰海拔 1938 米,周长约 7 公里,现基本绿化。山坡宽大,沙棘满坡。相传过去人们来到这里,从沟底往山上拿几块石头就表示以后能养几个儿女。现在山的主峰上有形状像圆锥的一堆石头,据说是行人路过此处扔石逐渐堆积而成的,因此取名儿女山。

(2012 年 4 月 4 日)

朔城新村

窗边红杏肥,陇首遍春晖。

日暖畦新绿,风清莺乱飞。

早牛耕沃野,勤手种芳菲。

冉冉炊烟起,悠然踏月归。

(2012 年 4 月 5 日)

踏春口占三绝

（一）

草熏风暖柳千重，春色裁成锦绣容。
景里难销无限意，长歌回荡岭连峰。

（二）

一树梨花十万春，宾鸿如约渡云心。
夜来风雨传芳讯，旧忆清幽草碧痕。

（三）

不眠对月愁惊起，何奈当春水载花。
昨日星辰伴人老，沧桑无限在天涯。

（2012年3月13日）

兵马俑

骊隙昔日烛莹煌，玉海珠山葬一皇。
七十万徒含恨死，三泉六合寝陵藏。
烽烟再起雄心里，刀甲难平霸业旁。
叹罢风云陶作俑，长城肃穆记残章。

（2012年4月26日）

圆明园

龙楼凤阁凭何忆？唯有残垣屈辱镌。

万古奇珍园内置，九州景色个中全。

闭关固步多衔恨，裂土遗羞始问天。

不忘圆明无限事，蓬遮帝苑起荒烟。

（2012 年 4 月 27 日）

春　游

应怜柳弱与桃华，一抹东风一树花。

寻胜因由诗兴密，春光浩荡在田家。

花　红

月色花容岂有时，香尘艳骨报相知。

堪伤浊世长生恨，更使芳华酌小诗。

（2012 年 4 月 28 日）

鄂尔多斯运煤路所见偶感

孤城山万仞，无处著春风。

长路通天际，荒沙望眼中。

浮华连昼夜,车水又马龙。

攘攘樽边利,何谈后世功?

(2012 年 4 月 30 日)

洪洞大槐树

洪崖古洞忆悠悠,百世思源潭水流。

荫庇老槐三二代,乡恩远土万千愁。

鹳窝尚在人何处?趾甲犹分家九州。

祭祖堂前香烛盛,同根木下再回头。

(2012 年 5 月 6 日)

登鹳雀楼兼和晋风

山色汀烟一望收,长吟合在最高楼。

鹳声杳杳诗题壁,天势茫茫水跨州。

高致迥临平野旷,幽怀忍对大河秋。

飞檐犹挂古时月,谁驾云帆济远流?

附录晋风原诗:

千里风光眼底收,只因更上一层楼。

天边赤日曛三省,足下黄河润九州。

白浪笑谈来往客,墨痕吟咏盛衰秋。

闻知故地今多变,鹳雀归来寻旧流。

(2012 年 6 月 16 日)

吉庄①端午采风三首

（一）

紫雀清鸣在老槐，沧桑底事直堪猜。

碧泉有意村边绕，七彩丝牵吉庆来。

（二）

一年端午雨婆娑，木末菁华陇首萝。

稔泰诸方风物盛，重吟天问意如何？

（三）

风调雨顺乐吾乡，不老清泉进吉庄。

更喜嘉禾孚众望，宾朋谈笑慨而慷。

注：朔城区吉庄村，南临桑干河，北望洪涛山，它凝缩了中国农村的百年沧桑，是极具代表意义的一幅风俗画。在百年间每一个历史阶段，吉庄无一例外地留下鲜明的时代烙印。

（2012 年 6 月 24 日）

襄阳赞

自古襄阳风日好，悠悠汉水楚山边。

马头墙外一轮月，扇底隆中三足天。

鄂北名城今胜昔，鹿门高士后超前。

四时绣锦团花地，百万洪波帆后旋。

（2012 年 6 月 25 日）

夜　市

炭红殊味炙，座满酒香飘。

闲里谈花梦，灯前觑柳腰。

通衢风物盛，隔耳笑声遥。

时见千金掷，不于乞者掏。

（2012 年 7 月 6 日）

夏夜街市

人闲始夜遥，风拂意寥寥。

月出云埃散，灯融市籁嚣。

彩楼连广汉，花气贯清宵。

不语非神倦，扶杯合律摇。

（2012 年 7 月 16 日）

登南山

万仞刚峰可壮心，朝辞云罅暮霞临。

幽兰深谷蝶梳影，薄雾苍松昔到今。

天赐清凉仙露浸，樵歌世相客尘侵。

此中景象生悲悯，独叹风光成绝吟。

注:朔城区紫金山,俗称南山。

(2012 年 7 月 20 日)

还乡游"水神堂"

还乡不识旧邻舍,唯见新村碧玉间。
四十年余云漠漠,三千梦断泪潜潜。
南山常绿少时木,圣水难留来者颜。
烟草生秋知鹳鸟,伤心每在小壶泉。

注:广灵水神堂,人称"塞外小天堂"。位于广灵县城东南,与县城相连。这里的风景区融林、山、水、寺为一体,由壶山古建筑群、中国名泉水神堂壶泉、泉湖、林地、绿地组成。水神堂泉是由壶山四周万斛珠玑的群泉随地而涌成湖,水质为天然矿泉水,流量为每秒 0.55 立方米,当地人称"神泉"。

(2012 年 8 月 25 日)

登高遥寄

秋山时有苍茫在,十载风华不简单。
偏向幽清寻景致,遍谐俊雅著诗篇。
尉迟故里杰灵地,侪辈豪情锦绣天。
更喜新城连紫塞,高楼万座插云端。

(2012 年 10 月 9 日)

◎第一辑 近体诗

太原归朔途中有寄三首

（一）

雁门朝别纷飞雪，百里萧疏一望中。

幸有文华孚志意，龙城冬至亦春风。

（二）

清寒时见高风骨，雪后巍然无数山。

长恨浮生欢聚短，孤身再拾意阑珊。

（三）

凌寒早报梅消息，万里江天一色清。

点破苍茫风物老，知春老木大风擎。

（2012 年 12 月 22 日）

竹下琴鸣真兄弟

读《三国志·刘巴传》

清名岂与燕鸦齐？随世沉浮耻择枝。
满腹经纶听者寡，半生寂寞慎言私。
务时恭俭真高士，守静持明确智才。
刀镬游离千百度，虚无一梦以堪之。

注：刘巴，字子初。祖父刘曜，苍梧太守。父刘祥，江夏太守、荡寇将军。刘巴少时素有才名，刘表屡次推举，他都推辞不愿出仕。曹操下荆州时期，刘巴归顺曹操，受命招纳长沙、零陵、桂阳，不想三郡为刘备所得。刘巴入蜀后，刘备不久攻克西川，经诸葛亮推荐，任命刘巴为左将军西曹掾。刘备自立为汉中王后，刘巴为尚书，后代替法正为尚书令。刘巴为人节俭，不愿与人交往，只重公事。刘备登基时，所有文诰策命都出自刘巴之笔。诸葛亮、法正、刘巴、李严、伊籍共造蜀科。

(2011 年 1 月 17 日)

赠　友

抱琴置酒寄衷肠,谁使兰窗满月光。

不恨浮华无限短,风流长在少年郎。

(2011 年 4 月 29 日)

赠诗友

明月照清泉,花前啭杜鹃。

回眸风影动,晓语梦魂牵。

惹泪乡心畔,传情彩笔端。

相逢唯一笑,常使柳姗姗。

(2011 年 5 月 24 日)

5月27日与友聚谈偶得

犹喜晴岚出翠微,心香一瓣赠相知。

清茶无色盛良器,锦瑟遗声伴月楣。

万卷书间磨铁砚,百般事畔醉红泥。

四时景象不需道,窗外新风摇老槐。

(2011 年 5 月 28 日)

中国远征军

（一）

常恨烽烟没水山，远征激战几人还。

雄心虎胆驱仇寇，滇缅苍苍无限天。

（二）

扬鞭奔袭出滇南，鏖战千回志未酣。

一寸山河十万血，松柏常青为儿男。

姚明退役有感

雄踞篮坛小巨人，一声断喝遏风云。

九年隔海传奇梦，今日归根爱国心。

盛誉声长评满灌，身姿矫健忆长存。

功成勇退英雄事，四起唏嘘独叹君。

（2011 年 7 月 21 日）

咏《三国演义》人物郭嘉

未酬壮志哀奇佐，绝处枭雄哭郭嘉。

袁吕夷平如拾芥，乌桓袭远若还家。

才谋旷世天人妒，知遇相谐略策加。

星殒方知吴蜀事，谁为魏武理团麻？

注:郭嘉(170—207),字奉孝,颍川阳翟(今河南禹州)人。东汉末年曹操帐下谋士,官至军师祭酒,洧阳亭侯。后于曹操征伐乌丸时病逝,年仅三十八岁。谥曰贞侯。史书上称他"才策谋略,世之奇士"。而曹操称赞他见识过人,是自己的"奇佐"。

(2011 年 9 月 25 日)

咏《三国演义》人物程昱

泰山捧日缘清士,大事安然誉肃侯。
胆略昭彰扶伟业,髯须俊美有奇谋。
三城险固安天下,百战神机瞩马头。
治德还殊心腹少,全身立命也风流。

注:程昱,字仲德,(141 — 220),终属魏,籍贯 兖州东郡东阿(今山东阳谷),长八尺三寸(约合现今 1.91 米)美须髯,官至卫尉、安乡侯,谥曰肃侯,追赠车骑将军。

咏《三国演义》人物毛玠

清公素履东曹掾,万古高风首俭廉。
司直率人犹自励,位尊守节不稍偏。
盖黯不雨非公论,免黜居家叹世艰。
雅亮堂堂由此逝,魏庭失政起妖烟。

注:毛玠(? —216),字孝先,陈留平丘(今河南封丘)人,三国时期魏国大臣、政治家。官至东曹掾。《先贤行状》:"玠雅亮公正,在官清恪。"陈寿:《三

国志·毛玠传》:"毛玠清公素履。"

（2011 年 10 月 1 日）

咏《三国演义》人物刘晔

可堪明智殊勋建，神算盈怀赚寂寥。

七岁绰刀除诡害，三朝佐世显谋韬。

勤咨疑事珠玑策，屡逆奇言胆气消。

取蜀灭吴心易老，子扬德业独劳劳。

注：刘晔，字子扬，淮南成德（今安徽寿州东南）人。三国时期魏臣。刘晔是光武帝刘秀之子阜陵王刘延的后代，年少知名，人称有佐世之才，经郭嘉推荐为曹操效力。曹氏三代重臣、战略家，官拜魏国太中大夫。屡献奇策，但其后所献取蜀灭吴之策，皆未被曹操和曹丕采纳。许劭："晔有佐世之才。"傅玄："晔有胆智，言之皆有形。"陈寿："程昱、郭嘉、董昭、刘晔、蒋济才策谋略，世之奇士，虽清治德业，殊于荀攸，而筹画所料，是其伦也。"

（2011 年 10 月 5 日）

李梦痴兄回博有寄兼贺

昨日秋光浩气还，今闻鹊喜又开颜。

男儿有志行中阔，意气缠眉务里闲。

千种苦寒成直洁，一生慷慨写愚顽。

抱琴邀月何需酒？乐奏清音四海间。

（2011 年 10 月 21 日）

◎ 第一辑 近体诗

贺仙山孺子牛先生生日

情寄诗心壮岁匆,青天常伴一轮红。
雄才八斗斯文畔,浩气三生夙愿中。
妙笔著微裁丽景,赤怀秉义振宏钟。
仙山有路行君子,再谱华章德艺风。

(2011 年 11 月 19 日)

贺傅永明先生新集付梓

倾情椽笔缀珠玑,意在鸿天挂彩霓。
竹节吟风明磊处,兰心织锦雅柔时。
务中忧乐可言志,足下山河皆入诗。
轻把书香和月桂,素笺还胜月迷离。

注:傅永明,内蒙古诗人,中华诗词学会、内蒙古诗词学会、内蒙古作家协会会员,已出版诗集《倾情集》、《碧野飞歌》两部,诗词新作《碧野飞歌》(续)付梓中。

(2011 年 11 月 20 日)

诗友聚谈聊寄

何处著成诗? 春迟芳草稀。

雄风吹古塞,妙笔点龙池。

对酌壶天小,雕文侪辈痴。

宦游忧共喜,何必外人知。

(2012 年 2 月 16 日)

5 月 13 日与同窗杨俊峰临汾夜酌

关山千里人依旧,二十年前意气生。

汾水惜流缘木色,客心未倦振华声。

安身磊磊勤和俭,立业兢兢盛与兴。

谁使雄风前路驻? 酒阑更见满天星。

(2012 年 5 月 14 日)

悼杜甫

少陵野老遗悲调,冠古诗铭多事秋。

守义苍凉堂上草,奉儒沉郁马边裘。

三千忧叹肠犹热,半世飘零语未休。

歌泣音凄知者几? 江流幽咽载风流。

(2012 年 6 月 10 日)

致　友

山自苍茫水自东,残英何必怨秋风?

第一辑　近体诗

千年景象重相似,一种炎凉又略同。

时见今人吟老调,云停荒雀踏青松。

裁歌寓兴几人笑,竹下琴鸣真弟兄。

(2012 年 7 月 9 日)

老子颂

大道混成处,德宗万象边。

玄门开众妙,水善著千言。

白首青牛去,真如翠柏悬。

境清知太极,桧下问超然。

(2012 年 7 月 13 日)

赠尚连山先生

尚贤馨德望,远瞩铸云魂。

连载诠书义,知行善诲人。

山仁随水智,桃李灼春深。

雅道清鸣远,兰心琢玉樽。

注:尚连山,副研究员,朔州社科联副主席、秘书长,朔州师专校长。

(2012 年 10 月 10 日)

赠书画家孔宪明

致清真境界,妙手著梅寒。
孔圣高风在,鸿篇铁划镌。
宪心书翰墨,浩意点红笺。
明月青衿下,诗思涌案前。

注:孔宪明,山西省书协会员,朔州师专诗词学会会长。

(2012 年 7 月 25 日)

赠散文家孙莱芙

致雅风云澹,耕堂访庶藜。
孙犁荷洁处,树理草青时。
莱野修心静,书丛得艺奇。
芙清因出水,君子种兰芝。

注:孙莱芙,山西作家协会、省散文学会会员,已出版《典藏右玉》,《典藏
朔州》正在出版中。

(2012 年 7 月 26 日)

闻保钓义士事有作

（一）

秉义天行健，先驱七尺身。

家乡唯热土，何处觅芳邻？

快意擒鲨客，悲歌保钓人。

长风掀巨浪，振臂贵为民。

（二）

近海苍茫意，经风浪未平。

扪心多愤世，读史满悲情。

戚将今何在？烟津故月明。

初闻真杰士，慷慨奏华声。

（2012年8月19日）

致书法家高煜

高风松竹鉴，明月翰胸藏。

煜炜诠书兴，疏狂蘸墨香。

博名延篆隶，走笔效张王。

雅志清茶外，绵绵此意长。

注：高煜，山西书协会员，朔州书画协会理事。

（2012年9月3日）

中华诗词论坛山西唐踪开版周年志贺兼和郝金樑

晋韵悠悠唐有踪,古槐苍翠沐新风。

龙城代出真才俊,引凤雕龙志正雄。

附录:郝金樑先生原诗

网上唐音又接踪,并州继起古诗风。

骚人竟唱河汾调,但看周年贺曲红。

注:郝金樑,太原诗人,网名晋北儒生,中华诗词学会、山西诗词学会会员,已出版诗词集《六味集》(合著)。

(2012 年 9 月 13 日)

赠书画家何日春

赠君浩荡清云气,山色湖光笔下裁。

何处鸟惊呼欲出,此方霞染叹和猜。

日高酣卧醉蓬岛,神朗幽思栖凤台。

春尽林花依旧在,深情灼灼向人开。

注:何日春,山西书协会员,朔州书画协会理事。

(2012 年 9 月 21 日)

◎第一辑 近体诗

赠任春华

任重中流柱,悠然意气生。

春秋谋信合,肝胆照忠诚。

华彩因风正,轻吟对月明。

慧心鸿业创,尽瘁锦云程。

(2012 年 10 月 12 日)

贺莫言获诺贝尔文学奖

(一)

瀚海惊《蛙》万尺风,华文振世也轻松。

匠心摘剪民间事,一样悲欢西北东。

(二)

莫言笔下诞还真,犹有高粱红至今。

千万文成秋两鬓,笑谈书剑定乾坤。

(2012 年 10 月 13 日)

贺友郑斌女儿出生

郑家有女初临世,雏凤清声月满厅。

子道无知清澈目,霓裳怎掩玉肌形?

琪花瑶露钟灵境,雅器明珠秀惠名。

028

芳魄香幽群里妒，新荷出水自婷婷。

贺庄满生辰

彩笔题芳岁，三千锦绣文。

裁歌吟正气，知命乐清云。

塞上多情雨，诗丛浩荡春。

碧桃荫朔土，赋采亦流芬。

注：庄满，中华诗词学会会员、山西诗词学会常务理事，朔州诗词学会会长，《朔州诗雨》主编。

贺晋风荣升中华诗词论坛西部首席版主

西部山河一笔收，雄关大漠少温柔。

晋风自有多情意，会使沙洲变绿洲。

初冬与张宝忠、梅斌雨前茶庄聚谈

风叶半城冬尚浅，一壶春色乐清谈。

老梅飘雅著霜里，浊世寻幽在雨前。

更有书情惊案起，了无恨事乞人怜。

人声车笛西窗外，拾取珠心小坐间。

（2012 年 11 月 6 日）

咏司马光

稽古迂夫文世尊，鉴通泣血股肱臣。

温良儒化承宗法，刚正身修极斗宸。

独乐墨香诸雅事，潜虚涑水九分人。

平而清净此情少，再道当年破瓮因。

（2012 年 12 月 5 日）

悼齐凤舞先生

雁北当年誉二齐，悲闻凤舞鹤游西。

满怀珠玉南林野，一世清名腊月梅。

心墨凝香风雨静，丹青曜日晓鸡啼。

三星如泣亦含妒？正是冬深天地凄。

注：齐凤舞，山西朔州人，中国民间文艺家协会会员、山西省民间文艺家协会理事、中国作家协会山西分会会员、山西故事家协会理事、朔城区民间文艺家协会副主席、朔州市民间文艺家协会副主席、中国广播电视学会会员。在国家、省、市（地）级报刊上发表各类文学、新闻作品约 150 多万字（大多与人合作），1986 年中篇小说《相思泪》在《火花》发表后改编为电视剧；1987 年，因文学创作成绩突出，受到中共山西省雁北地委嘉奖。出版小说集

《小河流淌》、报告文学集《击浪者》、散文集《诉不尽的大山情》。生平事迹入选《中国文艺家传集》、《中国当代成功人才大辞典》、《中国当代青年作家传集》等 10 多部人物典集。

（2012 年 12 月 6 日）

致诗友

（一）

甚幸恢恢文脉通，风花雪月意难穷。

恨无彩翼追宸斗，借得清辉壮此胸。

（二）

忍把沧桑翻险韵，乾坤不负此斯文。

眸中景象随尘散，笔底风光万古春。

（2012 年 12 月 20 日）

赠解锋

率尔塞边风，苍茫一扫空。

真章凭我愿，霜气鉴秋鸿。

解意非常味，由心识正容。

锋寒磨砺久，异日见威雄。

◎ 第一辑　近体诗

十二月廿二日并州与诗友小聚

豪兴融融冬若何？当时情味费吟哦。

沧桑翻作惊人语，苦乐裁成励志歌。

天外清音相和寡，座中雅士不辞多。

隔帘寒浸群楼异，但惜文馨良昼磨。

（2012 年 12 月 23 日）

耶律楚材

乱世轩轩美髯公，治天下匠正穹窿。

朝仪有度鼎元制，律历施行力股肱。

鸽搏开边多悍勇，政通尊汉赖儒宗。

湛然十八便宜事，悲愤词和几个同？

注：耶律楚材(1190—1244)，蒙古帝国大臣。字晋卿，号玉泉老人，法号湛然居士。出生于契丹贵族家庭，生长于燕京（今北京），世居金中都（今北京），是辽太祖耶律阿保机的九世孙。秉承家族传统，自幼学习汉籍，精通汉文，年纪轻轻就已"博及群书，旁通天文、地理、律历、术数及释老医卜之说，下笔为文，若宿构著"。被誉为"社稷之臣"，成吉思汗于漠北召见，甚为赞赏，称为"吾图撒合理"（长髯人）。元朝的一些重要典章制度，大都出自耶律楚材之手。

（2013 年 1 月 5 日）

素手翻开冰洁色

秋　山

望倦秋山秋亦远,参差丘壑可栖心。

不怜幽绿归林下,唯恨悲鸿别水滨。

万丈长风开巨浪,千回寒月忘忧樽。

笑天常使英雄老,无限江山不待人。

(2011 年 1 月 8 日)

赋　松

铁骨铮铮出乱峰,白云苍鹤比邻逢。

惯从险峻迎岚蕙,每向清寒正色容。

五岳雄浑千古秀,四时苍翠万年恭。

风烟漫漫都堪淡,昂首鸣涛一劲松。

(2011 年 1 月 24 日)

春　意

窗隔春寒浅，初惊碧草痕。

远山藏暗雪，老杏吐芳心。

目炫新颜色，神驰旧韵神。

东风齐着力，彩笔撰诗魂。

（2011 年 3 月 10 日）

春　山

春山几度惹春愁，暮雨朝云换不休。

去意无踪烟渚色，归鸿有恨冷沙洲。

花前每见人含笑，月下常惊泪染眸。

一点痴心惆怅里，晓风无语自飕飕。

（2011 年 3 月 17 日）

孔明灯

轻飙云壑傲星图，祈福添光景象殊。

浩气盈胸风物远，心无牵挂任徐如。

（2011 年 3 月 20 日）

悬铃木

行道千秋气象成,有心不语在悬铃。

凤鸣鸾舞清云外,一雨一风皆有情。

(2011 年 3 月 21 日)

桃　花

多情暗与这东风,悄吐枝头千点红。

堪惜芹泥春尚早,凄清梦里葬芳踪。

(2011 年 3 月 24 日)

日　照

日照天涯近,壶天一澈明。

有心驱云翳,无意破阴晴。

千载风尘色,四时景象生。

江山清秀处,万里磊然行。

(2011 年 3 月 30 日)

赏梨花

寂寞梨花冷艳身,轻寒溅溅抖精神。

◎ 第一辑　近体诗

芳魂不许蜂和蝶，玉质堪消风与尘。

旧意已随天碧碧，佳期长待夜深深。

冰霜千树谁嗟叹，一点痴心万点春。

（2011 年 4 月 18 日）

杨　花

点点飞花何处去？漫空如玉亦如绵。

幽思合与春心老，总在林泉深处眠。

杜　宇

泣血哀哀自古闻，春花几日换秋云。

满心幽怨啼难得，岁岁林山缀锦文。

（2011 年 4 月 20 日）

落　花

（一）

春恨凄凄罩碧纱，红稀绿暗瘦枝斜。

花飞花谢皆无意，何必痴痴问晚花？

（二）

一夜春风遍锦纱，芳尘暗与旧枝丫。

四时景象四时物,几度空楼伴落花。

(2011 年 4 月 25 日)

戏题青蛙

(一)

不慕晓鸡迎日唱,我歌我乐自呱呱。

碧波万顷风光好,击水戏莲看跳蛙。

(二)

浑浑面貌着寒纱,鼓噪问天何错差?

秋里嘉禾恭且敬,赞歌专唱癞蛤蟆。

(2011 年 5 月 6 日)

忆故园

浮云离恨出高山,野菊悲风染暮天。

人去初知霜雪烈,夜来更觉梦魂单。

千回忆失蓬门里,几度神伤乡语间。

泪眼难穿诸事往,月华如水故园边。

(2011 年 5 月 21 日)

沙 棘

识尽寒沙和野草,迎风岁岁伴顽岩。

萧萧赤塞一丛绿,寂寂秋心满树丹。

无意秀林争景色,倾情瘠土任甜酸。

今生坦荡霜天下,身死成灰也豁然。

(2011 年 6 月 7 日)

夏日写意

骄阳难耐一池蛙,碧野风凝惜菜花。

尽道田园无限意,几番汗水几番嗟。

(2011 年 6 月 15 日)

野　草

野草青青寸寸心,无修无饰自缤纷。

生生不息何如我? 连日风中哭老坟。

(2011 年 6 月 18 日)

飞　蓬

芳华梦短转蓬轻,碧水悠悠翻作冰。

些少佳音随日去,诸多憾事逐年生。

托文险韵因愁起,对月疏枝伴影横。

伏案青烟如鬓乱,销魂无处问浮名。

(2011 年 6 月 23 日)

观 云

今朝扰扰云,临暮不留痕。

人事年年老,花期日日新。

腆颜趋富贵,击案叹斯文。

谈笑炎凉竟,何由问果因?

(2011 年 6 月 26 日)

夏 花

夏花婉约向人开,万种风情凭测猜。

今日香浓和露尽,旧时衷曲为谁哀?

独怜玉质尘间绽,不惜芳华枝下埋。

一缕残痕无限泪,诗心逐梦影徘徊。

(2011 年 6 月 27 日)

咏 蝉

（一）

浮生辗转慕英华,秀木枝头敢自夸。

断续秋风声断续,翅轻难渡海之涯。

（二）

凭高犹唱谓知求,露润风清意自由。

039

当笑此音人识少，疏狂半世赚飘流。

（2011 年 7 月 11 日）

晴　云

游冶因风邈，归思逐日遥。

轻狂徒变幻，绝极任扶摇。

昨别龙池恨，曾经月榭娇。

良天何限意，朗朗卧清宵。

（2011 年 7 月 5 日）

月季花

芳华月月近尘边，风雨疏枝灼灼燃。

丽质翩翩谁忍折？明眸睐处尽春天。

大漠夕照图

一路悲歌一路沙，边风落处即飞霞。

久行无意山和水，心伴余晖早到家。

（2011 年 7 月 13 日）

雄　鹰

雄心在碧天,摩翅越昆山。

凭上风何烈? 居高雪愈寒。

良禽趋日月,胡雀聚泥潭。

斜睨射雕客,摇头不得攀。

(2011 年 7 月 15 日)

秋　晨

中年常不寐,倚枕待窗明。

木挂前宵露,鸡啼紫日声。

整装趋路迥,停步望秋清。

云起云还灭,霜华两鬓生。

(2011 年 7 月 19 日)

含羞草

纤纤缨穗合宜时,百媚千娇翡翠枝。

莫怪幽芳常自赏,此情柔婉诉谁知?

◎第一辑　近体诗

041

昙 花

粲然琼萼气清扬,寂里颦眉凝素妆。
何耐韦陀情已死,销魂一刹赏孤芳。

咏三角梅

一许香痕逐我来,凝眸不厌美人腮。
韵生闲日和情老,暑去新词借梦徊。
三叶梅怜寥寞日,两心天共赤诚怀。
清风明月相厮伴,旧里芳华岁岁开。

(2011 年 7 月 28 日)

七 夕

(一)

浓情深处道无情,河汉凄清织女星。
七夕年年弦月隐,花前听雨忆如倾。

(二)

葡萄架下问痴情,一样相思两处星。
天上人间多少恨,清歌孤影泪如倾。

(2011 年 8 月 7 日)

小　园

烟萝初探玉阑干,香满芳汀春满园。

倦把幽思和酒下,听风时静卷珠帘。

（2011 年 8 月 10 日）

台风"梅花"来袭有感

（一）

此处"梅花"却摄魂,乘飚千里骇听闻。

可怜无限富华地,水影风踪一念存。

（二）

惊风骇浪说"梅花",黯黯一时侵海涯。

彼岸繁华人意里,战天斗地会亨嘉。

（三）

狂澜何假冷香名？此物常牵万古情。

天下泱泱人最小,身居三尺复安能？

（2011 年 8 月 10 日）

笔

正直清寒儒雅物,锋挥世浊与云腥。

如刀雕琢真知界,似水涵浮妙象形。

德艺裁成天下阔，匠心著就竹边青。

红笺草篆皆情语，词里风光纸外行。

（2011 年 8 月 15 日）

感　荷

亭亭玉立一池清，绰绰风姿对景明。

素手翻开冰洁色，诗心从此恁柔情。

（2011 年 8 月 20 日）

秋声吟

蟋蟀

几回秋月影丁零，惊梦两三凄恻筝。

不识浮华随日老，心弦乱挑尽哀声。

知了

心逐清风和碧泉，我歌我曲自悠然。

喧嚣八百离尘眼，翅下浮云也笑仙。

（2011 年 8 月 24 日）

秋　夜

老木萧萧时已秋，归云无计意悠悠。

薄衾忽觉三更冷,断续蛩声月似勾。

(2011 年 9 月 1 日)

咏　桂

清芬瑶阙里,遥渺送疏香。

百艳随秋下,一枝绽月旁。

依稀传旧恨,孤寂泛毫光。

缥缈无情界,幽思比日长。

(2011 年 9 月 10 日)

重阳节感怀

重阳何畅秋情扬? 槛外清风透菊香。

寓兴天高云漫卷,登高山远雁低翔。

高樽盈酒丰年客,旷野平畴满地霜。

拟付襟怀辽阔里,萧萧落木也成章。

(2011 年 10 月 3 日)

钓　趣

(一)

直曲皆钩得失心,悦山临水好抚琴。

烟波澹澹人如是,细雨斜风染袖襟。

（二）

闲情一点在波心，山色野云调素琴。

莫笑清寒我非我，红尘无憾阔怀襟。

（2011 年 10 月 4 日）

讽鼠二绝

（一）

暗里营生心窃喜，千番算计好肥私。

仓粮累硕皆归我，唯恨身微小肚皮。

（二）

猥琐诸词何奈我？容身狭缝也逍遥。

曾经荣禄施然过，所欲随心笑老猫。

（2011 年 10 月 9 日）

题山枫有寄

秋山空落寞，无日不飞霞。

漫惹离人泪，同谁剪烛花？

（2011 年 10 月 16 日）

咏　冰

凝寒状莫名，心净本通明。

磊磊山河貌,莹莹天地晶。

有心涵冻鲤,无意压霜精。

历久炎凉竞,虚怀若水清。

(2011 年 11 月 27 日)

芦　花

随风一路远汀洲,莫问沉浮到尽头。

葬与荒沙情未了,春来新绿满芳丘。

(2011 年 12 月 5 日)

雪

绵绵素素一朝来,香冷芳清处处开。

长恨多情蜂蝶少,冰心有意近春怀。

(2011 年 12 月 5 日)

盆　梅

恋恋娇花抱老根,疏枝照影榻边盆。

了无风雪寻清雅,安得诗情拼玉樽。

摇落梅英留旧意,折摧景致忆边村。

谁裁春色三分瘦? 不识寒香怨湿痕。

(2012 年 1 月 18 日)

◎第一辑　近体诗

咏物两题

题牵牛花

纤情丝缕转成愁,倦倚疏篱恨染眸。

紫袂红腮迎者寡,芳华一点葬寒秋。

红辣椒

烈烈情怀映日红,披花擎戟向长空。

人间尽识奇滋味,追忆长谐热泪中。

（2012 年 1 月 20 日）

读郭沫若《风筝》诗两咏

（一）

青云直上戏群禽,犹嫁长风彩翼沉。

楼角枝梢留意处,丝绳牵绊自由心。

（二）

十方界外一孤禽,任尔漂浮任落沉。

旁眼莺花喧闹处,奈何天昊奈何心。

（2012 年 2 月 5 日）

风

浩然临四野,千古此风同。

激荡云天下，缠绵春梦中。

清吟裁柳月，狂啸换鱼龙。

溅泪缘花事，无声逐水东。

（2012 年 2 月 28 日）

咏青莲

青莲雅致出明湖，益远香清此意殊。

不染尘泥成玉立，生来洁质秉心舒。

素芳绰约诗间绽，冰魄扶摇月畔浮。

为使乾乾君子在，风吹雨打砺真如。

（2012 年 3 月 1 日）

杏花二题

（一）

素约凭心匀粉深，了无闲兴叹霜尘。

可堪寂寞寻芳处，何限飞花翻作春。

（二）

春风春雨遍天涯，早见枝头红杏花。

常叹寒中蜂蝶少，闲撩离绪是诗家。

（2012 年 4 月 14 日）

咏梨花兼和祁国明

玉雨压枝春色匀,慧心洁雅不需分。

谁怜素萼凝芳蕊,一夜梨花落碧云。

附录:祁国明原诗

万树梨花来未匀,七成素白绿三分。

采风撷韵芳园里,涌动诗潮一片云。

(2012 年 4 月 16 日)

向日葵

岁月流金何处寻? 深情只合向阳斟。

明辉面面孤高竞,报与秋风傲首吟。

(2012 年 6 月 11 日)

垄 牛

日上劬劳月下忧,鞭绳呵斥几时休?

年年花草催牛老,寸寸田畴望眼愁。

扬角气冲争塑彩,屏声步健任歌讴。

梦间柳笛夕阳远,不见清风过垄头。

(2012 年 6 月 16 日)

雨　云

恨云无状亦无根,晨若鲛纱暮万钧。

便有风光愁望眼,再扬虹彩倦思神。

天青天暗一时雨,人乐人悲万载春。

野雀啾啾鸣木末,沧桑阅尽对迷津。

（2012 年 6 月 26 日）

和武立胜先生《蒲公英》

心心花恨在芳洲,灼灼绒英与露休。

陌上春光归去早,风蓬无奈又清秋。

附录:武立胜原诗

每随四月绽青洲,冻雨凄风总不休。

都道春光无限好,归来却染满头秋。

注:武立胜,安徽省淮南市人,解放军驻蒙某部副参谋长,上校军衔。中华诗词学会会员,解放军红叶诗社社员,作品散见于《中华诗词》、《诗刊》等刊物,并被收入《中华诗词年鉴》。

（2012 年 7 月 2 日）

◎第一辑　近体诗

读魏野《啄木鸟》有感

木自苍苍风自凉,殷勤笃守任斜阳。

频声合律幽林静,刚喙无情蛰蠹亡。

南北有虫轻翅往,春秋着意慧心量。

羞同燕雀华堂下,樾陌山花伴慨慷。

附录:啄木鸟(宋代·魏野)

爪利嘴还刚,残阳啄更忙。千林蠹如尽,一腹馁何妨。

形小过槐陌,声高近草堂。岂同闲燕雀,唯解占雕梁。

(2012 年 7 月 29 日)

秋 云

问却经程多壑丘,秋云常驻小山头。

高枝挂月三生梦,遥夜听蛩一段愁。

闲散务间无起止,痴狂日里话因由。

倚窗风起东西向,往事悠悠忆不休。

(2012 年 8 月 23 日)

彩 虹

千结机心过耳风,忍将青眼对鸡虫。

乐游芳信四时异,错使浮生一梦空。

楼阁亭台惆怅客,山光水色别离盅。

凝眸雨过云开处,但喜苍穹卧彩虹。

(2012 年 8 月 25 日)

雨后兼和郝金

当秋知雨冷,蓬转倍凄凉。

败叶平荒野,留禽噪木阳。

惊回留别味,倦扫患忧霜。

多少幽情起,同谁畅引觞?

附:郝金樑《秋雨》原诗

才闻枫树暖,雨送一秋凉。

白露连阡陌,浮尘蔽夕阳。

花残多拭泪,草困少留霜。

故友知难问,年年此季觞。

(2012 年 9 月 7 日)

咏 菊

秋晚龙城景象殊,黄花早上傲霜株。

暗香摇曳西风瘦,高致漂浮疏影孤。

自有清吟常不负,纵无蝶恋又何如?

知寒试却真颜色,线线丝丝锦缀图。

(2012 年 9 月 15 日)

笼中虎

懒睬栏前群目光,了无剩勇兽中王。

闲磨牙爪欺鸡弱,困吼风雷对犬狂。

此处天光难得意,那边花草也生香。

端居忘却精神气,幸有余威骨内藏。

(2012 年 9 月 29 日)

十一月四日风雪大作

朝花犹未扫,暮叶已萧萧。

朔气雕愁雀,冰风折冻蒿。

赏梨来者少,咏絮故情遥。

坐待天清肃,红炉梦里邀。

(2012 年 11 月 4 日)

寒 柳

莫怨门前柳,无情是北风。

青丝无力驻,春梦转头空。

香绮多佳话,清寒少正容。

旅心听雅客,岁岁不相同。

(2012 年 11 月 10 日)

再咏寒柳

依依梢上月，圆缺奈何勤？
欢事曾经有，悲情未忍寻。
蝶心随旧忆，风叶恋春痕。
岁晚严霜下，银装笑彩云。

（2012 年 11 月 15 日）

可怜花落旧阑干

元日寄友

乐奏诸方四气新,青天碧海铄华文。

锦心裁句晴如扫,长路飞歌聚与分。

寂里知梅唯瑞雪,闲余挑瑟对寒君。

情深笔下沧桑远,春送佳音此际闻。

(2011 年 1 月 1 日)

听　琴

尘外消忧以乐琴,泠泠月浸七弦音。

斫桐正德邀鸾彩,古调还清世俗心。

(2011 年 1 月 7 日)

吟 古

莫论英雄会射雕,长歌浊酒倍逍遥。
青山万壑风流在,鹏举孤天任搏翔。

(2011 年 1 月 11 日)

元夕随吟

寒城烟火密,星月失莹辉。
锣鼓惊瑶阙,花灯映彩衣。
欢声传宇廓,喜气满门楣。
但享清平乐,天涯正此时。

(2011 年 2 月 17 日)

春 来

凝思流梦已浑然,困顿斯人四十年。
老树新雏犹可忆,前缘后事不堪谈。
常惊日月一弹指,早逝风华每妄言。
槛外春光无限意,可怜花落旧阑干。

(2011 年 3 月 7 日)

◎ 第一辑　近体诗

057

感国际事端两首

（一）

唱罢清平需劲贺，隔洋又起浊波涛。

一方山水乐家国，百万烟霾闻鸧枭。

明火腆颜凭执仗，野心辣手惯操刀。

敢言敢怒人何少？专向苍天学忍高。

（二）

百里油田丰裕地，一朝炮火替春苗。

哀鸿遍野衔悲怨，华市空街漫寂寥。

满耳强词势咄咄，无边怪论意哓哓。

妄谈四海皆兄弟，握手言和笑里刀。

（2011 年 3 月 21 日）

感事两首

（一）

轻搅腥风起，消声恨未迟。

激怀谋事就，冷箭隔洋知。

厉语能驱鬼，壶天敢执棋。

常惊时局外，善恶岂无时？

（二）

仗势操刀久，长谋黑白棋。

异心翻浊浪,腼态作人师。

日出东天好,春来百艳奇。

嗡嗡蝇蚋老,万里一红旗。

(2011 年 5 月 5 日)

吊　古

烂柯三万入文章,叹息声消在酒肠。

瀚海星驰终去去,浮花蝶恋又攘攘。

鸿盟有恨难回味,昆柱无心方作梁。

不见痴嗔慷慨士,年年霜月落西江。

(2011 年 5 月 14 日)

无　题

诗情易老柳年年,江月无端缺复圆。

昨日风华今日尽,半生意气一生艰。

全身事外破啼笑,化物沿边行路难。

十里长亭人又去,夕晖脉脉照西山。

(2011 年 5 月 17 日)

流　年

缠眉昨日雨和风,尽入鸿泥与雪踪。

云水茫茫群岭外,星辰灿灿九霄中。

喧哗日里题飞白,清净窗前哭落红。

一段沧桑非我愿,流年已是太匆匆。

(2011 年 5 月 27 日)

惊闻全国多地遭遇洪涝灾害

一夜听雷一夜忧,江南江北水横流。

嘉禾千顷今安在? 风雨时摧老树头。

无　题

常惜欢娱不可留,烟云风絮两悠悠。

一轮明月千秋在,轻锁离愁月上头。

(2011 年 6 月 16 日)

七绝五首

(一)国事

力擎旌旗砥柱头,风云惨烈亦无由。

泱泱史海波涛怒,仁政惠民全意求。

(二)家事

莫论鸡毛与线头,纷纭家事说缘由。

天伦堂下谐和美,富贵如云不足求。

060

(三)世事

攘攘时风难到头,名缰利锁困衷由。

冲虚水德谁参破? 一晌风流复索求。

(四)人事

往来尚礼问端头,人事天时无本由。

漫道雄关谁得过,私心格物备全求。

(五)鸟事

禽兽谋生本性头,几番弱肉了因由。

泥沙尽染腌臜气,散向人寰皆欲求。

(2011 年 6 月 22 日)

七月礼赞

和风丽雨壮神州,世纪华声七月留。

浴血红旗旗更艳,舍身大义义方遒。

民强国富宏图展,政畅人和伟业修。

万古长城豪气在,巍巍一脉志千秋。

(2011 年 7 月 1 日)

逃暑偶见得韵(二首)

(一)

燥风专向眼前行,白水蒸蒸和日生。

几处蝉声焦木外,空巢何事影崚嶒?

（二）

无意闲红和绮绿，茗清一盏寓明灵。

窗边溽暑窗边事，万壑云涯无所争。

闲　游

闲游循蝶彩，不忍摘林花。

风月当因酒，思心总在家。

山高凭意往，景异向人夸。

不少寻幽致，丝丝入落霞。

（2011 年 7 月 4 日）

观看庆祝中国共产党成立九十年大会 实况转播有感（三首）

（一）

日出东方亮九州，山河万里见明柔。

惠风和畅红旗艳，前景恢弘意正道。

（二）

松涛万壑唱青山，壮志推开旧世年。

先烈遗风今尚在，神州处处是新天。

（三）

华夏腾飞志气长，山欢水笑庆辉煌。

赞歌今昔人才众，千古长城是脊梁。

（2011 年 7 月 20 日）

大暑随吟

炎炎赤日压头低,暑气蒸腾鸟绝啼。

禾稻焦垂忧夏雨,惊雷落过放晴霓。

伏茶在口又生热,摇扇呼风不胜疲。

静待黄昏凉意降,红稀绿酽却休题。

（2011 年 7 月 23 日）

闲 居

闲居闹市风来去,无意人情拾落花。

雨洗南窗前日物,韵添蓬荜旧时芽。

几番冷暖天难老,百态悲欢事失差。

门隔遥知千里外,平心冷眼待流霞。

（2011 年 7 月 26 日）

夏日农家随吟

南垄扶锄立,嘉禾倍觉新。

花心和梦满,椒雨与人亲。

采豆瓜犹壮,开荒土不贫。

年丰时序早,挥汗望云滨。

（2011 年 7 月 28 日）

063

蹦　极

　　上周偕妻子龙庆峡游玩,目睹蹦极试者稀少,戏谑年方十五之稚子,孰料儿子竟欣然愿往。五十米高台,鹰击而下,吾心胆欲裂,不胜唏嘘,斯人已老,后生无畏。

惊魂一跳天无色,水韵山情入抱怀。
百尺危崖云澹澹,四方观客胆哀哀。
闭门常叹英雄少,启目才知勇士排。
不尽风光人易老,清潭照影两徘徊。

(2011 年 8 月 6 日)

贺中国第一艘航空母舰"瓦良格"首航

神龙出海跨长虹,斩浪劈波绝世雄。
三亿神州三亿梦,百年旧恨百年风。
民强此地通尧舜,日盛当时怯鼠虫。
看我河山多壮阔,红旗劲挺笑苍穹。

(2011 年 8 月 13 日)

伏日随吟

扇风无力暑侵堂,凉酒清茶渐失香。
挥汗静心成一韵,天涯遥寄忆风光。

(2011 年 8 月 18 日)

秋雨有寄

黄昏兼急雨,紫塞顿生秋。

神倦新凉外,风摧老树头。

流年伤壮岁,行乐笑朝蜉。

莫道寻常事,偏教热泪流。

秋　意

伏案平心多古调,忧怀离恨已苍茫。

月来帘隔秋山近,风起云飞独举觞。

(2011 年 9 月 8 日)

秋光两首

(一)

秋光澄澈风云淡,唯惜霜花比叶飞。

离恨悠悠浑若昨,几番旧雁锁天西。

(二)

潇潇雨歇清凉密,时近中秋惹客思。

一种深情随此月,辉披南北与东西。

(2011 年 9 月 20 日)

贺"天宫一号"发射成功

九霄清阔凭谁问？华夏神舟复举鸿。
瑶阙祥辉光夙愿，明河莹彩庆戎功。
红旗漫染云霞界，豪气高擎玉桂盅。
十亿欢声歌此日，雄风壮志向天公。

（2011 年 10 月 2 日）

芦雁情

一别芦霜白，烟津景独明。
年年秋色好，何故竟哀声。

（2011 年 10 月 3 日）

辛亥革命百年感赋

愁云惨淡罩人寰，涂炭生民若许年。
长夜东方迎曙色，武昌首义破坤乾。
悲歌此路恨而血，真理共和苦与艰。
不尽先驱抒壮志，人间安得艳阳天？

（2011 年 10 月 5 日）

重九醉语

一年重九颂秋好,词里芳华和日长。

菊桂流金何限意,临高几度送斜阳?

(2011 年 10 月 5 日)

题图《小店》

风雪无休浸老墙,矮檐犹可怯炎凉。

凝眸巷末欢声远,不进校园为卖糖。

(2011 年 10 月 20 日)

题油画《雪后》二题

(一)

曾记寒庐景色孤,旧时风雪早模糊。

鸡窗浮镜酬勤意,老树春心锁寂枯。

(二)

一方馨暖在蓬庐,雪迹风踪有似无。

闲乐蜗居听籁静,老枝新梦换荣枯。

(2011 年 10 月 24 日)

初冬大雪

六合琼花离太虚，飘飘洒洒欲何趋？
旧尘反作珍珠屑，瑞霭初蒙莹玉壶。
素萼冰晶神肃肃，银蛇蜡像意徐徐。
茫茫不见南和北，万丈霜绡莫敢书。

（2011 年 11 月 30 日）

扫　雪

昂首苍茫唯大笑，十年诗酒解闲愁。
云途有日风无力，尘鬓非霜心似秋。
万木逢冬留惨淡，百回识味断优柔。
开门再扫阶前雪，懒与行云问果由。

（2011 年 12 月 16 日）

平安夜闲咏

别样风光别样天，平安此夜道平安。
由衷乐庆当如是，媚外盲从为哪般？
立异白须围彩木，标新红果化金丹。
时风凛凛人何奈，月照他乡众说圆。

（2011 年 12 月 26 日）

冬事三首

（一）

半城飞雪半城风，千里茫茫景象同。

寂里难寻真色彩，寒禽一二立枝空。

（二）

千红百翠奈何冬？昨日繁华昨日风。

恨水无情流不动，许多往事付冰中。

（三）

花容有日日无穷，春夏秋冬各不同。

唱罢离情人亦老，西山顶处卧霞红。

（2011 年 12 月 28 日）

新年寄感

新年伊始，新知旧友若许话语不能一一祝贺，加之连日俗事所累，酒余草就小诗一首，祝愿朋友们龙年大吉，万事亨通。

遍谐紫瑞初元启，鹊踏新枝万象新。

得势飞龙云海阔，秉和禳福物华贞。

千千吉彩欢声起，一一衷怀美意存。

好景良天何足道？冰心化语寄情深。

（2012 年 1 月 1 日）

降 温

降温才觉寒衣旧，迟日冰风渐作威。
虽近年关添喜气，了无诗意解愁眉。
霜花帘隔难为水，岁月心惊已化灰。
抖擞精神何所欲？空迎曙色百千回。

（2012 年 1 月 6 日）

有感于霸国战略东移

恃强一脉弄妖风，朝夕眈眈何奈东？
说梦难圆欺世客，正声合扫害人虫。
谋成嗜血图私利，盟毁痴心煮旧鸿。
辣手翻经歌上帝，火烧别处意浑雄。

（2012 年 1 月 7 日）

贺榆林诗词学会五周年华诞

榆林春早风光好，水笑山欢竞浩歌。
壮志镌名神木石，豪情逸致菊花锅。
九边朔气开宏业，万里荒沙赞巨驼。
盛事留芳皆雅客，五年缀锦喜吟哦。

（2012 年 2 月 9 日）

戏赠四首

不知几何时,二月十四日默化为国人的节日,更不知从何时起又悄然滋生情人一说,不禁哂之,胡乱草占小绝四首,聊以寄意。

(一)

老了林红几度春,此花应胜彼花新。

多情常被无情误,依旧欢筵待后人。

(二)

脉脉晴波万里春,花腮草眼一时新。

离情更比三江水,东去无休不待人。

(三)

碧海青天未了心,洞房鸾烛暗生春。

可怜百日花无色,冷月窥窗又叹人。

(四)

天光草色又逢春,岁岁年年别样新。

常羡风光来者众,风光过罢断肠人。

(2012年2月15日)

致《鄂尔多斯诗词》

如期收到《鄂尔多斯诗词》,心情总是激荡,这一传递文脉与情谊的诗刊辗转数百里,期期如此,从一个陌生的城市摆置在我案前,遥远的问候,真挚的情意让我感动,万千思绪提笔草拟一律,遥祝远方吟长文兄安好康健!

酒香怎比此情长? 塞月边风自慨慷。

河套新歌多劲越,天骄豪气逐苍茫。

雄心力创繁荣业,大漠宜居锦绣乡。

景象吟成骚客醉,诗心百万入华章。

(2012 年 2 月 17 日)

榆树钱颂歌

圣水红粮醅玉液,天池林海胜千山。

江城誉美人文地,天下扬名榆树钱。

七代传承何浩壮,百年酿造此醇甜。

芳醪一盏吉祥伴,豪气干云不羡仙。

(2012 年 2 月 24 日)

看电影《血钻》偶思

宝器常随沙砾下,明辉璀璨照洪荒。

长河几度洗污淖,兽性千回称大王。

红土斑斑皆血泪,文明处处葬辉煌。

人间未止是争战,渔利何需伪扮装?

注:血钻,又称滴血钻石、冲突钻石、血腥钻石,是一种开采在战争区域并销往市场的钻石。依照联合国的定义,冲突钻石被界定为产自获得国际普遍承认的,同具有合法性的政府对立方出产的钻石。影片发生在塞拉利昂,围绕一颗粉红钻石发生了一系列惊世骇俗的流血冲突。

(2012 年 3 月 5 日)

迟孝庐吟

苍茫涟水漾春晖,迟孝庐前人尚悲。

梦里慈颜身畔柳,心头恩德泪中碑。

思亲啮指岂难已,行远颐年何未归?

大爱宏深先百善,高情比日不相违。

(2012年3月8日)

清　明

莫怨清明柳,年年悲色同。

春山烟雨后,往事泪光中。

洁物生幽致,和风萌素荣。

青堤来往客,含戚酹当空。

(2012年4月3日)

贺朔州诗词学会成立三周年

漱玉吟香多雅士,风花雪月佐芳醅。

朔州诗雨当春盛,马邑文心近紫微。

十万珠玑成蝶梦,三千日月著霞晖。

快哉尘外人难老,再撰华章载誉归。

(2012年5月5日)

傅永明先生赠书《碧野飞歌·续》

荡胸辽阔处,纵马草原东。

挥墨天为幕,飞歌气若虹。

著文舒浩气,把酒笑长风。

山水全知意,清吟看傅公。

(2012 年 5 月 8 日)

题电视剧《知青》寄感三题

(一)

边月山风托此身,甘抛血汗洗荒尘。

村醪田趣青春梦,离恨长随壮志人。

(二)

山乡风月与谁论?风静稻香漫夜门。

花样年华多少事,犬声起处又秋痕。

(三)

蹉跎岁月问当年,别样情肠别样天。

虹架岩西惹人泣,牧歌归处起炊烟。

(2012 年 6 月 4 日)

闲话《推背图》

木末生花缀果无？几番劲秀几番枯。
休惊谶语道袁李，幸有因循应术儒。
六十真言何读破，三千后事恁参扶。
机深常使红尘老，闲测归心《推背图》。

（2012 年 6 月 9 日）

贺"神舟九号"与"天宫一号"对接

三十三重天漫步，神舟几度济星河。
凄清霄汉风尘少，缥缈云图意气多。
自有英才披月桂，敢教豪兴会姮娥。
紫微北斗明辉照，华夏今朝遍凯歌。

（2012 年 6 月 17 日）

夏日午后

炎炎何处得清凉？入口芳醪不觉香。
简出烦心声色绕，些微旧绪入诗囊。

（2012 年 7 月 10 日）

◎ 第一辑 近体诗

高楼养花

长绾春风驻小楼,绮红黛绿拟明柔。

暇余含笑欣然剪,蝶舞翩翩过客头。

(2012 年 7 月 11 日)

北京暴雨寄感

不怜风雨不怜天,观海长宜京一边。

俗客难凭梢上鸟,华车空羡水中船。

但歌禹善行清世,莫管城淹起怨言。

厚土年年开又合,不知枉费几多钱?

(2012 年 7 月 25 日)

看电影《贫民窟的百万富翁》有思

流离颠沛不辞累,贫本无由富有根。

百万横财天独赐,千般疑忌理何伸?

彩灯罩处清平界,陋窟藏污卑贱身。

一样痴心两样梦,此情自古费精神。

(2012 年 8 月 11 日)

近事有感

秋霜明镜费消磨，风雨无休浸晚荷。

唱破后庭花蘸泪，流归东海水悲歌。

长庚明灭寒霄寂，大梦淹留旧恨多。

破晓雄鸡鸣不住，可怜底事已蹉跎。

（2012 年 9 月 11 日）

又逢七七

卢沟空照月如钩，风雨难遮哀哭稠。

往昔悲歌成血火，曾经皇土入霜秋。

九州意气九州志，一寸河山一寸仇。

七七天何凄恻色？云开红日照金瓯。

（2012 年 9 月 14 日）

车展偶感

华车本是寻常数，暗恨千金一掷无。

再起狂澜思富贵，每逢冷眼向穷途。

时风倩笑奢豪处，彩蝶欣追碧玉株。

舞榭歌台痴若醉，强抛倦眼欲何如？

（2012 年 9 月 23 日）

077

联句三首

（一）

最是无言滋味长,曾经风雨太平常。

槛边花草天边月,换却书情些许香。

（二）

梦在心中谁给力? 一年飒爽是秋风。

天高云淡南飞雁,更有花黄枫叶红。

（三）

希望如花香满路,山河壮丽待新人。

秋浓浩荡清风起,漫道雄关磊落身。

（2012 年 10 月 11 日）

贺朔州诗词学会第二次会员代表大会召开

洪涛瑞雪晴云外,更有清风遍朔州。

紫塞豪情惊日月,雁门赤子铸春秋。

诗香玉润文心醉,椽笔天成骚雅收。

乐尽浮生吟咏事,腹中山水任悠游。

（2012 年 11 月 23 日）

叹五黔娃垃圾箱饥寒殒命

怨天寡义怨天寒,乞得艰辛何限酸。
梦想难温膝下冷,火柴犹在手中残。
谁家灯暖谁家肉,无处身蜷无处言。
明日艳阳披世相,金光又照好衣冠。

(2012 年 11 月 25 日)

棚中花卉

不问闲愁问酒家,雪花何事妒梅花?
炎凉有度天行健,舍得因时意自嘉。
雅趣悠悠寻陌路,寒风猎猎背愁鸦。
冬来独叹清奇物,暖室娇妍枉自夸。

(2012 年 12 月 18 日)

贺《六味集》成帙兼和程连陞先生

瑶花琪草此中栽,六味诗书八斗才。
意至通灵承月露,心应照慧付琴台。
衔悲唐宋景犹在,未老文思今又来。
骚雅能禁风雪岁,长歌清骨待梅开。

壬辰十一月二十六日庆祝
《六味集》出版归来有感

衔欢枕上笑颜开,快意萦怀数俊才。

际会良辰迎腊月,相逢胜友聚春台。

三杯大道通谁解,一卷华章寄梦来。

兰味清馨堪咀味,拙诗翻检愧当裁。

注:程连陞,网名雨中雁,北京诗人,曾任华夏诗联书画艺术研究院研究员,著有诗集《六味集》(合著)。

(2013 年 1 月 11 日)

读《雁丘词》兼和井人

明月汾滨几度圆,曾经泪湿雁邱边。

为谁澄澈水千里,何物缠绵琴七弦?

黯黯秋声翻木杪,巍巍楼厦罩霞烟。

词心总在重山外,问却多情人惘然。

附录:井人《汾滨寄语》原诗

人自消停梦自圆,余多事业属汾川。

半船明月一壶酒,两袖骚风十指弦。

柳漾烟波鱼放纵,荻移江练雁陶然。

只今涵碧惟天幕,弹却心尘便是仙。

注:井人,原名王敬仁,太原诗人,山西诗词学会会员,著有诗集《井人诗稿》、《拾萃集》(合著)。

(2013 年 1 月 12 日)

◎第一辑 近体诗

恣戏风尘闲纵意

读诗聊寄

老树池边月下门,颠磨不破是诗尊。

从今旧物传新味,自古先贤诲后人。

恣戏风尘闲纵意,闲添句读每惊魂。

刚峰海粟思无限,都入枯肠对酒吟。

(2011 年 1 月 2 日)

年终偶思

半川寒木半川风,望断年关又一冬。

梦里重疑真锦绣,眼前难改旧峥嵘。

逢迎常叹景偏异,聚散需惊路又同。

只待千山残雪尽,雄浑笔破这乾宫。

(2011 年 1 月 12 日)

诗酒自嘲

万丈豪情诗酒篇,拂尘谈笑也悠然。

冯唐易老心难老,千古风流话谪仙。

（2011 年 1 月 19 日）

中国人为什么不幸福的七大原因

　　读李梦痴兄题为中国人为什么不幸福的七大原因小诗七首,颇觉痛快,意味深长,借李兄之言"不敢为不幸福开方,只求以幸福为则与众诗友共勉",戏而和之。

(一)老爱比较

仰天井底此池亲,生翼难凭山外真。

今日桃华明日老,谁留匆促满园春?

(二)缺乏信念

云翳重重不得开,峰回何处锁高嵬。

丝成锦缎恨蚕死,一路风华岂觉哉。

(三)不善于发现阳光面

休笑隔墙赵李王,深居斗室理哀肠。

朱门柴牖营生计,煮豆谁家十里香。

(四)不知道奉献

乐乐与人九五尊,此间大爱永留存。

不因善小唯吾小,春满乾坤福满门。

(五)不知足

常守空瓶待满时，青春虚掷掩无知。

一花一木一风景，攀绿偎红饰面皮。

(六)相互不信任

心蒙尘色色难鲜，不见春浓百花妍。

瓜李无情也无语，相猜风雨几重天？

(七)过于焦虑

一生辛苦是遭逢，力挽狂澜水几重。

缩食节衣糊口计，人前难买立锥容。

（2011 年 2 月 4 日）

静夜思

曾向梅边索晚香，闲云淡日数春光。

心怀底事愁还久，眉蹙霜山梦愈长。

宴后豪言多醉客，人前艳羡少年郎。

才辞扰扰风吹树，寒月疏星映烛窗。

（2011 年 2 月 14 日）

逐　梦

梦里春痕梦外休，行云去去道闲愁。

林花日逐相思老，能引诗情几万畴？

惜　春

春深谁守岸之滨？日坠林花不待人。
芳草萋萋何限意，啼莺来去自回巡。

（2011 年 4 月 29 日）

春　去

依依又见柳绵飞，草色烟光春绝期。
晓梦沉沉归燕未？闲愁黯黯落花知。
阑前椒雨不堪画，陌上芳痕可入诗。
此意迷离谁共酒，乘风月下抱琴来？

感　春

会使豪情落此间，春光漫路伴人还。
清风学我逍遥步，绿暗红疏万里山。

（2011 年 5 月 23 日）

感　遇

问却风流需进酒，一场得意一场悲。
大江不止人还老，底事难凭意已违。

◎ 第一辑　近体诗

百尺楼头叹者众，三千水畔醒时稀。

南柯有恨迷茫里，走马台前常笑痴。

（2011 年 5 月 26 日）

题洗澡偶寄

夜半人难歇，清歌和兴发。十万尘灰罩浊颜，阑珊灯火吞星月。借我一瓢碧水清，香汤玉液神志明。华裳锦带身外物，朱阁画堂卧峥嵘。沟渠纵合人心异，玉体横陈亦忘情。浑不能殊智雕笼容小弥，刘郎醉酒地为席？浑不能容屈子，汨罗波冷锁离骚，西风日日哭嚎啕。豪车宝马寒窗外，梅鹤影里惹憔悴。耻听阛里说贱贫，燕辞王谢应有悔。蝶梦诸世静，千里霜雪同。书香万古不能食，但看锦帆引长风。强吟沧浪好濯足，遥遥山南可种菊。钟鼓馔玉人未归，销魂一梦乐丝竹。春水一江合成愁，风月无边不可休。青衿孜孜昆仑翼，为问此恨也悠悠。十年宝剑初磨成，痴心一朝赚清名。而今有事说不得，落尽飞红看苍蝇。天道恢恢唱和谐，底事堂皇无谬乖。贩夫耕者锥立地，大厦宽阔九丈阶。拿态聊做苦，含笑也说悲。趋炎附势摇身变，何人道我本是屠沽儿？筵前量如海，覆手云天胆气在。几度慷而慨，游戏人间何需论成败！南柯宁有根？祸福岂由心。方圆无界亦无痕，清池无意洗微尘。耳清百念无，氤氲霞辉何所居？花间抱琴忆何似，一点风流在诗书。

（2011 年 6 月 11 日）

晚　归

晚归头顶泠泠月,灯火融融柳色凄。
笑语盈盈人去去,问谁犹诵夜郎西?

(2011 年 6 月 13 日)

寻　芳

一路风光属草花,匆匆又见日西斜。
无情来去寻芳客,不问林红问酒家。

(2011 年 6 月 15 日)

无　题

肯许豪情伏案端,芳华一点是书坛。
当窗有月随人瘦,择韵依心对酒残。
春水迢迢来者众,蓬门寂寂应声单。
凭阑黯黯听风起,往事无痕欲说难。

(2011 年 6 月 19 日)

无　题

时闻野鸟啼花木,不觉春秋四十年。

槛外群鸡争晓日,胸中一壑付红笺。

龙池浮梦人难醒,驿路扬鞭月未圆。

谁使豪情终淡泊,悠悠云朵挂长天。

(2011 年 6 月 28 日)

辛卯无题

书愤常疑有若无,眉间底事入他途。

雄风酒热听还厌,红粉情柔意未殊。

山水千秋嗟可画,云心一壑叹难图。

激流帆远人多少,难尽天高日月壶。

(2011 年 7 月 7 日)

误 春

柳陌深深笼碧烟,落花声里觉风寒。

误春春去浑无计,闲把酒阑邀月阑。

负 春

谁抛断絮入云烟? 杳杳春心料峭寒。

几度殷勤双燕子,不辞风雨旧阑干。

痛　春

几多春梦梦如烟,花落花开一暑寒。
为问春归何处去,无眠听雨随泪干。

(2011 年 7 月 8 日)

再韵辛卯无题

雾罩云山近却无,采薇无意踏仙途。
高枝一朵夸娇贵,金屋几人远腻酥。
今日方游新景物,明年再展旧蓝图。
蜃楼千尺难容足,半世辛劳酒半壶。

(2011 年 7 月 10 日)

半窗残月忆边城

秋山春水自幽明,万念浑浑到太清。
一段炎凉埋旧事,无边风雨浸孤城。
花花叶叶时时去,燕燕莺莺处处鸣。
撩乱闲情何限恨? 月华寂寂逐云生。

(2011 年 7 月 22 日)

还从落叶读秋声

拂乱尘丝几许轻,青矜乐道白鸥盟。

旧时庭院留双燕,前度蓬蒿没九卿。

常愿浮生多正气,每从高处引宏声。

海天一线无痕地,潮落潮升未见平。

（2011 年 8 月 2 日）

书　愤

秋来依样旧时颜,风雨边山锁雾烟。

一枕仓皇心莫是,千帆熙攘泪潸然。

扬鞭歌罢天行健,折节辞穷客莫怜。

题外烦忧随日至,落花如约小楼前。

（2011 年 8 月 12 日）

嵌句诗

会有清音随兴发,心之忧乐事之源。

征程暗许时风下,遭际多逢旧恨攒。

一豆荧辉闲院步,百年粗粝腐儒餐①。

林花落尽人还在,常使诗心竟日缠。

注:①唐杜甫《宾至》诗:"竟日淹留佳客坐,百年粗粝腐儒餐。"

(2011 年 8 月 14 日)

临屏口占二绝

(一)

风月怡情学打油,沧桑看尽觅风流。

可怜一水随东去,底事消磨是白头。

(二)

一梦悠悠不可求,落花流水几时休?

闲堆平仄新诗就,一半欢情一半愁。

(2011 年 8 月 29 日)

自嘲有寄

了无意气劝斜阳,独惜书香与酒香。

笔下风云归寂静,务中忧乐任悠扬。

经年坦荡闲愁远,往事苍茫旧梦长。

辞去清名听醉语,新篁裁管奏痴狂。

(2011 年 9 月 5 日)

秋 吟

铿然一叶又惊秋,眉底浮华换不休。

◎ 第一辑 近体诗

秋水秋山悲怆色,菊霜有意暗香流。

感　时

风雨兼程几度春,枯荣倥偬已无痕。
依依昨日三江水,不见邀杯问月人。

(2011 年 9 月 25 日)

无题二首

(一)

燕雀由来贴地飞,宾鸿常伴碧云归。
春来秋去浑无意,随尔声清与调微。

(二)

不恼窗前宿鸟飞,诗心难待月明归。
红笺清梦春堪破,忍把闲情对紫微。

(2011 年 10 月 7 日)

酒后吟三首

(一)

醉里欢娱随漏残,疏星冷月对秋寒。
长歌清越难如昨,却把辛酸换笑言。

（二）

有事浑浑复忘言，万般求索赚一般。

春山秋水真颜色，常使斯人泪不干。

（三）

宿醉难消笑酒浓，隔帘暗绿共疏红。

等闲风雨潇潇过，谁复痴痴拾梦踪？

（2011 年 10 月 8 日）

问　禅

清心花亦香，寒极复生阳。

至善光诸世，纯仁闻以彰。

云烟初警幻，天籁又玄黄。

松下风徐起，禅然归翠苍。

（2011 年 10 月 12 日）

讽物两首

狗跳舞有感

乞怜摇尾尾如簧，作态钻圈又跳墙。

媚骨主前分上下，奴颜门外论高长。

几番伶俐堂前客，一点忠诚身外缰。

不笑兽心人面贴，只缘狗首戴人妆。

猴动武

也弄花拳站若松,何消胡乱杀鸡公。
沐猴有术常贻笑,卖艺充强敢论功?
腾跳鞭前声疾嗾,蹁跹笼里技奇雄。
万千心计人模样,尻尾腮颜一样红。

（2011 年 11 月 10 日）

冬夜闲咏

沧桑梦里闲情少,叶叶风风说不休。
举首忽惊云漠漠,凝神尚觉意悠悠。
晴蓝万丈光千里,大道无边接九州。
底事常谐人月瘦,可怜蜃景最堪求。

（2011 年 11 月 12 日）

读近来新闻偶感

新笛何由出怪音?当操铁帚扫灰尘。
贪痴无度今超古,怪事非常假作真。
天网百疏明执杖,时机千转乱弹琴。
泥沙滚滚江河下,冬至寒风冻煞人。

（2011 年 11 月 17 日）

读史偶寄

糊涂底事糊涂累，半纸浮名论不完。

耿介奇谭常入史，清浑莫测总由天。

几番台上歌红薯，千遍炊前骂巨奸。

暗壑深沉人竞往，一轮皓月古难圆。

（2011 年 12 月 1 日）

无　题

题罢冬摧万绿空，举头日见暖阳东。

来来往往门边客，灭灭生生雪后虫。

旧事新闻充俗耳，闲章淡酒醉濛鸿。

何方歌舞升平乐？时有欢声奏业崇。

（2011 年 12 月 1 日）

冬夜寄感

飞雪孤天北，寒风过野凉。

红炉销夜静，旧忆对愁长。

聊引琴边酒，闲吟梅下霜。

经年知百味，众里数书香。

（2011 年 12 月 2 日）

夜 饮

塞孤寥落客，邀酒夜沈沈。

霓彩时风染，乡心霜雪侵。

柔肠栖梦路，浩气壮胸襟。

不问嚣喧故，唯求自在心。

(2011 年 12 月 2 日)

辛卯杂咏

点破逍遥归蝶梦，机心杳渺问真如。

青山几度清寒客，彩笔多摹富贵图。

大幻若真情未已，非常有道恨当初。

风光一路风光淡，风扫飞花景象殊。

(2011 年 12 月 3 日)

冬夜寄感

凄清冬夜月，凝素几人看？

朔气侵平野，玄冰覆旧栏。

昏灯三五瘦，败木百千残。

寞里归思远，重衾尚觉寒。

(2011 年 12 月 6 日)

余暇闲吟

镇日奔忙强作乐,十之八九是营营。

年年过眼旧风景,事事劳心真感情。

逝者千夫追往昔,喟然一叹道曾经。

天明万万鸿图计,浑似遥空寥落星。

(2011 年 12 月 8 日)

见闻琐感

去去来来唯一槛,无人道破是机关。

暑寒易往情难往,心事周全梦不全。

厮坐高谈多妄语,遭逢巧笑少真言。

阳光大道何休止?旧雀新枝换了天。

(2011 年 12 月 18 日)

冬日偶书

冰风暂改山河貌,地白天清气象殊。

万物萧萧犹可画,一冬瑟瑟怎堪书?

它番梅韵羞尘色,别样琼花比絮芦。

试问凌寒来往客,阳生转眼又春苏。

(2011 年 12 月 19 日)

冬至杂咏

至日围炉酒一杯,遥思聚处已相违。
再吟刚直青松挺,聊数清寒白雪飞。
长夜时闻寒犬吠,寨途每异北风吹。
履冰知远心微动,梦对春花哭几回。

(2011 年 12 月 22 日)

诗　品

言志娱情寂路长,诗书月桂气芬芳。
鹤风梅骨人空瘦,妙手裁成众里香。

师　说

咳吐玑心一字师,破蒙解惑立操仪。
苍茫此路云开处,尽有时贤引导之。

(2011 年 12 月 27 日)

遣兴口占二绝

(一)

兴来需酒不需茶,闲倚阑干咏落花。

漫卷诗书消日夜,浩然清气在云涯。

(二)

聊无雅趣梦浮槎,红紫花攒富贵家。

一样亭台千万客,长风著景也飞沙。

(2011 年 12 月 29 日)

恭贺新禧

去年风物堪回味,更托飞龙在九天。

正气两肩前路阔,清寒半世壮胸乾。

志中嘉友时相问,骨里豪情意莫迁。

锦彩华灯春渐近,融融瑞霭驻人间。

(2012 年 1 月 2 日)

冬末杂咏

持守诗心不觉寒,晴阳啼雀送冬残。

些时落落低眉计,此道巍巍昂首瞻。

妙手施方良苦药,豪言济世野狐禅。

北风有意和冰破,若个无情又一天。

(2012 年 1 月 10 日)

无　题

清和耐得半生贫，风掠浮云一路心。

八万莺花才落尽，十方寂灭又逢春。

（2012 年 1 月 12 日）

岁尾杂思

一年点检喜参忧，闲乐无边务里休。

捂耳携童燃焰火，放歌随兴上山丘。

喧哗有处我非我，禅寂当时愁更愁。

意气彰轩迎岁首，谐和百事话金瓯。

（2012 年 1 月 17 日）

书　怀

清寒无景看，和正乐相安。

雪霁山还远，梅疏春易残。

覆杯听者寡，书愤著诗难。

多少登枝雀，时鸣绿与丹。

（2012 年 1 月 30 日）

闲日偶作

遣怀除却歌和酒，些许闲情对野云。
一笑开颜多轶事，十年成剑了痴心。
寒林鸣雀苍茫相，巨臂支天磊落身。
日日华车门外去，红尘有路是艰辛。

（2012 年 2 月 3 日）

元夕随吟

彩焰花灯不夜城，八方乐庆景光明。
画船龙舞潮初起，红火秧歌意未平。
喜笑融融春意盛，新风凛凛月华清。
游思万点生豪兴，再举鹏程万里行。

（2012 年 2 月 6 日）

迎春两首

（一）

烟火缤纷月色清，春寒何奈草蓬生？
旧词难尽新风貌，明日依依山水青。

（二）

辞寒又奏春消息，丽月疏星未了情。

101

辽阔江天多浩荡，芳华一路伴征程。

（2012 年 2 月 7 日）

伤 春

春心点点谁撩乱？昨日莺花昨日风。

倦眼云烟何浩渺，坦怀山水亦巍崇。

短歌长恨千帆往，大道无形一梦空。

几度桃花吹满鬓，此情不与那时同。

（2012 年 2 月 10 日）

壬辰早春杂诗

繁华镜侧凝神久，歌舞樽前笑万金。

往事苍茫千里雪，今朝旖旎一枝春。

仰天但有雄豪意，应景全无坦荡心。

零乱风生清境灭，些微虫鸟屏声禁。

（2012 年 2 月 11 日）

无 题

春浓梅瘦落花飞，烟雨迷蒙燕子归。

流水匆匆随日下，时风攘攘与心违。

巫山影叠潇湘恨，金缕衣旁蜡烛灰。

难锁风光痴若惘,千回醉醒暮云垂。

(2012 年 2 月 12 日)

盼　春

回眸何处觅春风? 人面桃花笑语浓。
蝶梦迷离诗里老,纸鸢缥缈眼中空。
凌烟时有高寒累,裁句原知寂寞同。
闲咏春光春尚早,开轩怅望柳边松。

(2012 年 2 月 14 日)

晨鸟惊梦

十年弹指间,浮事若青烟。
才别秋风瘦,重逢花月圆。
羡鱼心渐静,妄语意稍偏。
飞鸟传春信,时鸣窗一边。

(2012 年 2 月 16 日)

感　事

风惊春梦意如何? 望断烟波作酒歌。
底事空知心淡泊,禅机暗付树婆娑。
指困快意由来少,袖手明贤自古多。

石碣铄金夫子语，重翻史籍读谐和。

（2012 年 2 月 23 日）

读诗聊记

万千离索付琵琶，昨日风情昨日花。
凤烛年年迎旧月，芳心事事落寒沙。
秋山衔恨诗书气，老树逢春商贾家。
叹罢苍茫烟雨后，怅然不见是虹霞。

（2012 年 2 月 25 日）

春　信

春信迟迟春浅浅，几多消息付桃笺。
悠悠旧梦三江水，冉冉晴空五彩鸢。
杨柳无心抽绿蕊，宾鸿依约度山边。
单衣忽觉风吹面，又见翩翩燕入帘。

（2012 年 3 月 2 日）

雪　意

近春时有霏霏雪，依旧荒枝绮梦空。
小宴尽谙新味道，大风再扫旧痕踪。
缄言忍得堂皇事，巧笑迎来方孔兄。

长恨千杯人未醉，暗随流景话峥嵘。

（2012 年 3 月 3 日）

春夜闲吟

文心处处春，何必问东君？

风皱三江绿，霞染一地金。

青枝霜蕊著，紫陌暗香吟。

时有花缠道，芳樽伴素衿。

（2012 年 3 月 12 日）

无　题

画阁笙歌不觉疲，耳清闲捏手中棋。

春来桃陌落红密，宴散蓬门过客稀。

臧否愚贤谋在事，笑谈烽火毁于骊。

栖霞依旧西山后，风拂蟾光可作篱。

（2012 年 3 月 16 日）

春　意

塞垣春浅燕归迟，朝雨萧疏暮雪稀。

拟把闲情图一醉，惹眸红杏染烟堤。

◎ 第一辑　近体诗

105

茶　思

槛内书香堪外花，晨时风雨暮飞霞。
笑谈过客三千个，拂去沧桑再煮茶。

（2012 年 3 月 21 日）

春雨幽思

一壶珠玉洒荒尘，更有春风拂草心。
转眼莺红啼柳绿，悠游乐煞赏花人。

又

早来春雨浥轻尘，意蕊桃痕寸寸心。
为使幽思多格致，芳华暗许有情人。

（2012 年 3 月 22 日）

咏　春

当春时有新消息，青鸟谐鸣陌上花。
旷野欣荣生媚色，东风袅娜发柔芽。
无边景致山河秀，不尽诗情气象嘉。

激劲清歌随兴啭，遐思悠远在天涯。

（2012 年 3 月 29 日）

春日闲语

春山新瘦春寒密，休问莺花与柳丝。
芳信应生前度绿，闲愁暗合去年题。
晨光明媚迷人眼，暮色苍茫对酒旗。
镇日消磨如许事，是非猜后却相疑。

（2012 年 3 月 31 日）

书　趣

春时花梦秋成恨，尽在痴人笔下藏。
逸致剪灯铭陋室，兴来携酒问巫乡。
阅微鬼魅凭心画，志异人情放眼量。
谁筑轩轩填庙宇，泥雕依旧度沧桑。

（2012 年 4 月 5 日）

春暮联句

题罢春光日夕嘉，诗中不觉度韶华。
尚疑月上当年夜，庐内清辉庐外花。

（2012 年 4 月 6 日）

◎第一辑　近体诗

107

书 兴

（一）

篱陌疏香月探园，菊风清朗漫秋山。

霜华总在群芳后，天赋诗情吟客边。

（二）

华英意兴著诗篇，蓬屋高朋酒不干。

文脉恢恢霄汉曜，苑风鸾驾笑谈间。

（2012 年 4 月 8 日）

春夜闲吟

雁门关外客，望处尽风烟。

野杏春难驻，寒巢鸟未还。

夜来林未绿，醉起月如弦。

眉蹙愁多少？诗心成不眠。

（2012 年 4 月 10 日）

讽事杂咏

春风又绿旧山河，前物洪荒逐烂柯。

草木不言风里摆，豸虫得意洞中歌。

震雷起处雨千点，琐记违心泪百颗。

108

翻遍文章浑不是,华堂声色少嘉禾。

(2012 年 4 月 15 日)

无　题

一绺春光万绺风,飞红成恨太匆匆。

相逢陌上莺花异,莫道离情在个中。

(2012 年 4 月 16 日)

客居杂诗

单衣驿客伤风雨,凝目谁家燕子飞?

早是春浓缠锦道,怕提乡语语迟微。

(2012 年 4 月 20 日)

友　居

斗室常开一二花,书琴有意卧烟霞。

煮茶谈笑千秋事,兴亦悠悠气亦华。

(2012 年 4 月 21 日)

赏桃书意

桃花笺底春风笔,闲掷离伤忘遣怀。

前度飞红何处去？明朝归燕这边来。

芳菲漫使人陶醉，流景空教心测猜。

往事几多幽梦里，新词难觅久徘徊。

（2012 年 4 月 25 日）

无　题

独怜春色无情碧，谁葬飞花质洁身？

风暖难消游兴老，灯明长锁夜筵新。

座中狂语非为醉，词里闲愁才道真。

堪笑清音听者少，去来每见钓沽人。

（2012 年 5 月 1 日）

歌韵两首

（一）

倦卧山南野鸟过，春山春水落花多。

檐蛛暗喜缠绵网，风雨无休起骇波。

伐竹音清依旧曲，驰神气荡似先河。

年年望断柳梢月，忍掷韶华付醉歌。

（二）

淡寞时光淡寞过，等闲风雨似愁多。

常思碧宇无尘事，应叹豪情逝水波。

一片闲云九曲梦，千行清泪半笺歌。

栖霞无处落鸿爪,长短亭边长短歌。

（2012 年 5 月 18 日）

联　句

六月荷花次第开,素衣仙子下瑶台。
婷婷流盼明波上,可有新诗与梦裁?

（2012 年 5 月 27 日）

寓兴有寄

诗书一卷可邀梦,往事狂澜翔碧鲨。
莫问今云遮古月,且呼旧客品新茶。
小虫灯下难知恨,急雨枝头又著花。
心染微尘尘懒扫,闲抛渔调寄天涯。

（2012 年 6 月 6 日）

夜饮杂咏

乱埃飞处夜阑珊,百万离忧初月边。
花艳几番风雨至,酒酣一度笑谈喧。
豪言非昨沉鸳梦,宏志惊心换酒钱。
行客匆匆谁识我? 戏将意气美人前。

（2012 年 6 月 12 日）

蜀犬吠日

百二狰狞一索牵，残羹苟且不知年。
阴云压顶仓皇日，狗眼窥人明朗天。
仗势淫威抓且啮，经年兽性倒而颠。
邻家有肉涎三尺，狂吠无休几个怜？

（2012 年 6 月 13 日）

无　题

谨身立世复如何？风雨阴晴若许多。
斗转星移终醉梦，山重水复并沉疴。
些微花色景光见，更少鸿鸣鸦雀歌。
日里街头人问答，粗茶闲语任消磨。

（2012 年 6 月 14 日）

无　题

看惯弹冠学沐猴，挠腮抓耳跳梁头。
平阳有虎始生憾，天道藏奸不觉忧。
木秀时新宵小聚，水浑钓众暮云收。
更兼濡暑岂无汗？早盼秋风扫九州。

（2012 年 6 月 22 日）

112

消夏所得

临暮风初起,趋凉意自遐。

久居蓬下客,倦顾月边花。

瞑目听时事,轻声问酒家。

遥遥明火处,虫翅振灯纱。

（2012年6月29日）

看图说话七首

（一）端阳怀屈子
孤愤论天恨未消,赤怀长赴冷波涛。
艾蒿不改凄清色,尚有时人诵楚骚。

（二）豪宴
饎馔在喉知味美,连宵盛宴更无伦。
独怜禾下晶晶汗,换作膏粱一席吞。

（三）戏鬼
神怒刚威举大刀,膝边诸鬼视毫毛。
天明天暗天有眼,如意囊中自在掏。

（四）伟人
囊锦书华笑八方,浮沉有主道端详。
闲庭余雅诗词畔,百万雄兵襟下藏。

113

(五)梦想

青云总隔数重天,庭外庭中不一般。

翻手风驱霾雾散,明光无限是人间。

(六)"放心食品"

敢把良知一榜张?暗箱盘理黑心肠。

鹤红鸩绿摇身变,败絮新添金缕装。

(七)竞岗

我意裁成小纸条,暗箱任尔自由摇。

居高但笑趋如鹜,乱点迷津一步遥。

悯 农

夏禽焦柳匿,声哑日炎炎。

汗下青烟细,锄边瘦影弯。

今朝皆大路,何夕复良田?

炊火层楼侧,忧心总是闲。

(2012年7月3日)

"百万富翁"自嘲

　　西南财经大学中国家庭金融调查与研究中心发布了《中国家庭金融调查报告》,主任甘犁称中国家庭净总资产超美国 21%,"中国九成家庭有住房"、"中国城市家庭平均财产 247 万元"、"中国家庭净总资产高于美国家庭净总资产"。——我们都"被富翁"了!

有手点金成百万，痴心芥水引长鲸。

善吹蜃况夸文采，巧饰荣华比日明。

宝邸香车新贵梦，鲜廉寡耻败声名。

时闻逸暖笑贫贱，叹罢辛劳换一羹。

（2012 年 7 月 23 日）

将进酒

常于薄暮携三二知友同仁，街角夜市举酒狎乐，论古讽今，意气风发，挥斥方遒。试斗胆翻作太白《将进酒》赋闲，诗以志之。

君不见春花秋月年又来，悲歌天纵壮士回。君不见悠悠江水千舸发，南陲烟雨北疆雪。雄心百二云梦间，暮鼓晨鸡人未歇。朱梁燕去欢娱在，西风庭院蒿伴莱。红尘易使风光老，眼中忧乐手中杯。携悲愤，问前程，多少泪，长短亭。清音填俗耳，与谁鼓瑟拍案听？三叠阳关需共酒，渔阳挝罢笑弥生。何由竹下狷介客，翻作诗间俊赏名？西山霞落晓星滴，前度愁闲要不得。香榭华车真意单，青天碧海报相识。诗书气，自风流，仰天长笑狂醉后，乘兴云鹏八极游。

（2012 年 7 月 30 日）

书　恨

离乱疏狂一段梦，清宵掷笔烛成灰。

阶前春尽花初褪，袖底风生云乱飞。

照水难禁柳腰瘦,探窗常觉月光微。

日来不说伤心事,却对金樽哭几回。

(2012年8月2日)

无 题

人前谩斥斯文事,纸醉金迷累半生。

刮地无根驱蠹鼠,升天有术笑鲲鹏。

相偕清世锦衣过,谁作红尘青袖行?

数点萤光明夜幕,参差暗影显狰狞。

(2012年8月7日)

感 事

百万雄心趋怒浪,几多愤慨作无题。

欲扶锈盾沉疴久,强引悲歌去日凄。

幸有遗风堪壮志,岂无巨擘力撑旗?

宜居门第笑当哭,忍赋秋清落木稀。

(2012年8月17日)

感事再题

风雨连绵声萧瑟,南边溏漫又东边。

诗书读破耻知义,心口移违好画圆。

116

忍却狼行朱笔逝,苟全瓦釜此天延。

榻容鼾鼻尚为礼,无事相安笑不宣。

(2012 年 8 月 18 日)

蝶 悲

秋来蝶也凝悲舞,对对专迎落木飞。

热泪无端真色彩,闲庭有意旧芳菲。

更兼风雨随心老,莫待云图降夕微。

缥缈天光何限梦,为谁银汉月如眉?

(2012 年 8 月 24 日)

读 诗

敛眉圈点诗三百,老木新台看月阴。

歌舞经年欺大雅,蒿莱愈况起哀喑。

烟云无改意中态,刀俎重临枝下禽。

别有深情鸣缶吕,靡音塞耳暗相侵。

(2012 年 8 月 26 日)

记 梦

大梦常经岁,新知不可名。

苍茫诸事已,慷慨一言生。

117

古道西风瘦,沉吟暗恨轻。

天明光景异,掩卷整繁缨。

(2012 年 8 月 29 日)

知　秋

铿然闻叶落,莫道不惊心。

白露凝衰草,清寒罩晚林。

重辞花梦碎,暗别雁声喑。

霜菊遥知意,融融满地金。

(2012 年 9 月 4 日)

联　句

喜迎华诞菊流香,裁剪文心三万章。

更有秋风天净肃,云鹏万里慨而慷。

(2012 年 9 月 15 日)

秋事感怀兼和魔女

谁使秋山霜气播,长城雄伟立云波。

问天纵度沧桑往,书忿空将铁砚磨。

青史丹心铭壮志,疾风劲草起悲歌。

经霜松挺何其茂? 惊梦将军又斩倭。

秋雨秋风秋事多,霍然东海起洪波。

卢沟未忘狼烟涌,钓岛犹闻贼剑磨。

十亿冲冠齐指日,三军得令即挥戈。

巍巍禹甸云雷动,不信中华不胜倭。

注:魔女,本名王德珍,太原诗人,山西诗词学会会员。

(2012 年 9 月 16 日)

史　问

泠泠一月万年秋,人事天时换不休。

宝榭销金犹未醉,萧墙传恨又添忧。

斜阳草树仓皇顾,紫蟒凌烟辛苦求。

谁守冢前垂老泪? 霜欺寂寞菊花头。

(2012 年 9 月 26 日)

秋日闲吟

一年风雨近中秋,心事寥寥不可求。

为息忧心需纵酒,也抛红泪问因由。

吟香梦里终归错,落木阑边莫说愁。

长笑京华真味少,新霜难到万千楼。

(2012 年 9 月 28 日)

◎ 第一辑　近体诗

119

酒后随吟

（一）

柳下曾经豪迈生,兴阑乘醉仰飞鲸。

而今羞吐寻常话,拾却风清又月明。

（二）

游宦邀欢实可怜,百回饮叹酒阑珊。

花前一诺无相应,也把清谈荡九天。

（三）

山水非吾真弟兄,书心百万在穹空。

平常意气携三五,乐对秋清噤小虫。

（2012 年 10 月 15 日）

抒　怀

秋月春花年未老,诗书半卷笑封侯。

幸天借我风云翼,再赋清歌傲小楼。

（2012 年 10 月 22 日）

读史二章

（一）

更多血泪在纲常,九五龙飞旗杏黄。

霸业垂成轻逐鹿，大风漫卷势称王。

笙歌唱彻清平调，民野闻惊怨恨章。

叹罢英雄诸事已，当年明月染新霜。

（二）

书华诗义万年香，青史昭昭若许伤。

八佾礼歌铭大吕，千年烽火锻精钢。

阿房金玉秋生早，上苑花灯夜未央。

凤阁龙楼何处有？饮叹声里话沧桑。

（2012 年 10 月 27 日）

暮秋独行

栖心云鳞外，回望旧苍茫。

风景秋前好，思情别后长。

飞花皆入梦，移日再生香。

对影徘徊久，沾衣乱叶黄。

（2012 年 11 月 3 日）

履　冬

不尽江天清肃气，菊花开后蜡梅开。

幽怀往事忆千里，空镜飞霜出九垓。

寂寞枝头常带恨，苍凉日下更相猜。

履冬但对寻常色,一点温情去又来。

(2012 年 11 月 7 日)

冬暮呓语

再整荒唐语,平心道子虚:
风烟皆境界,雪雨遍珍珠。
人事因情异,天时践位殊。
施微求欲忍,几个可知鱼?

(2012 年 11 月 9 日)

某僚画像

腾达专施青白眼,端居善变脸阳阴。
半瓶老醋皮囊假,八面威风世相真。
己欲熏心攀富贵,党同势利散金银。
藏奸窃喜翻云手,天网恢恢不见痕。

(2012 年 11 月 14 日)

微　思

每见霜兼雪,纷飞向柳枝。
风翻枯草色,人在断肠时。
冬里知春外,云东到日西。

本无争秀木,何故起微思?

(2012 年 11 月 16 日)

初　雪

一年别意岂无形? 惆怅枝头未了情。

天降瑶花高洁处,清平廓宇任人行。

(2012 年 11 月 17 日)

冬夜饮归

华灯明宝器,笑语与来人。

熟视茶通道,专研石点金。

晓星迷夜色,浊酒载冰心。

一抹风霜浅,时闻冻雀暗。

(2012 年 11 月 18 日)

酒后即兴口占两绝

(一)

风叶小山西,寒城暗雪低。

暖阳浮酒底,所得是新诗。

(二)

长路夕阳西,萧萧木叶稀。

◎ 第一辑　近体诗

123

阑珊灯渐密,应照故人归。

（2012 年 11 月 24 日）

冬日杂诗

冬日曈曈也觉寒,身遭景物倍孤单。

风凋意里清奇木,雪掩人间富贵轩。

自是闲云归旷远,从来好事近嚣喧。

万回思倦空留叹,不得当初若许言。

（2012 年 11 月 30 日）

次韵宋代理学家程颢哲理诗《秋日》

闲观风雨腹能容,室满书香摇烛红。

千古离情人不是,一怀孤愤景相同。

明辉应照前程里,大梦浑成此日中。

烹狗莫谈窗外事,轩轩我辈自英雄。

附:程颢原诗

闲来无事不从容,睡觉东窗日已红。

万事静观皆自得,四时佳兴与人同。

道通天地有形外,思入风云变态中。

富贵不淫贫贱乐,男儿到此是豪雄。

（2012 年 12 月 3 日）

感时两咏

（一）

辛苦周遭多少事，原来万事付空流。

百花妍处何方竞？一管毫端不足谋。

击掌声齐称快意，余情宴谢整金瓯。

独怜昨日春池水，常在斯人梦里头。

（二）

乐道吾生风雪密，清怀恃物笑庄周。

强辞块垒烦忧至，错解逍遥花梦休。

倩笑缘成真富贵，白鸥盟散冷沙洲。

万言一水将人误，春事遥遥梅后头。

（2012 年 12 月 8 日）

无　题

凛凛冬寒人自安，倦抛醉眼颂荣繁。

世深不问神仙道，日短常行风雪天。

豪气微身多冷漠，苍黄一事最艰难。

声器漫惹意无限，再整闲情壁上观。

（2012 年 12 月 13 日）

125

答诗友

何妨痴梦九昆仑，谁解良天若许云？

漫念诗中东逝水，长嗟务里后来人。

经纶手转旌旗旧，霜雪年催松魄真。

回首山河常健在，可怜难遇几斯文。

（2012 年 12 月 13 日）

醉　梦

醉梦何知欢喜多，门前冰雪照明河。

北风徒有侵人意，小宴唯闻荡气歌。

解错连环终落拓，分明愤世少腾挪。

东厢笑语西厢叹，昨日烦忧可说么？

（2012 年 12 月 15 日）

致诗友

（一）

甚幸恢恢文脉通，风花雪月意难穷。

恨无彩翼追宸斗，借得清辉壮此胸。

（二）

忍把沧桑翻险韵，乾坤不负此斯文。

126

眸中景象随尘散,笔底风光万古春。

(2012 年 12 月 20 日)

作诗聊记四首

(一)

穷究文宗可效尤,等闲风雨等闲愁。
回眸千万呻吟语,尽在多情笔下头。

(二)

纤笔惊涛风雨稠,端居日月自悠悠。
问询过往轻吟者,报喜何妨也道忧?

(三)

常叹新河入旧流,文情只合在深秋。
七分凄恻三分喜,问却闲愁不是愁。

(四)

吟断枯肠作打油,人边自命我风流。
静观天远众峰耸,景象常新山那头。

(2012 年 12 月 26 日)

冬事兼和清徐一子及魔女

冬事萧疏迎者稀,一年风物雪边知。
天违人意枯荣处,情在痴嗔深浅时。
大梦云鹏云渺渺,长绳日影日迟迟。

欣然又是元春至,万象更新不尽思。

附录:清徐一子原诗

柳绿桐黄过眼稀,别将白雪作相知。

枯篱残梦花凋处,素友红炉酒暖时。

着地何关风淡淡,萦窗偏爱影迟迟。

等闲一片无尘境,落入杯中不尽思。

附录:魔女《冬至兼新年》原诗

春秋走过梦依稀,落日寒窗谁共知。

一树葱茏经雪后,几分萧索带香时。

苍颜休叹荣枯易,清夜惟怜笔墨迟。

遥望家山归不得,聊成半阕慰乡思。

(2012 年 12 月 27 日)

壬辰年终感思

底事经年裁作忧,村醪乞得入焦喉。

门迎一二逢霜木,笔怯三千顺水舟。

也寄情思随素月,安能醉梦卧高楼?

从前半纸痴狂语,乐在堂皇不识羞。

(2012 年 12 月 28 日)

读词偶感

词里娇花无限好,岁寒几个显精神?
素笺阑夜当初错,小院空阶别样春。
生恨弦端人落寞,如心思处意深沉。
寻常事惹红尘老,留得书华后世论。

(2013 年 1 月 4 日)

◎ 第一辑　近体诗

129

第二辑

长短句

盛世天歌慨复慷

浣溪沙

新　城

广厦群楼气象新,花团锦簇四时春。盈盈笑语是乡音。
灯火万家何限意?融融其乐在天伦。和谐之处显精神。

(2011 年 4 月 8 日)

沁园春

贺中国共产党成立 90 周年

大好河山,九十年来,月异日新。忆峥嵘往昔,腥风血雨,
龙盘虎踞,长夜愁云。大义昭昭,红旗漫卷,一唱雄鸡破曙晨。
西风烈,念南湖雨骤,晓雾氤氲。　　长存志士仁人,更十万
征程十万心。渡千山万水,麾师南北,尽诛顽敌,力主浮沉。改

革春生,欣欣家国,乐奏空前惠爱深。繁荣景,赞英明执政,再建殊勋。

(2011 年 6 月 22 日)

临江仙

梦里年年花事远,风光几许当春? 春痕难锁一枝新,落花风雨里,愁损看花人。　　一点痴心人未改,何期重省其身。忆中明月最销魂。忍听东逝水,无意顾离尘。

(2011 年 7 月 4 日)

水调歌头

中　秋

澄澈仲秋月,千古照长天。玉盘瓜果香漫,欢语乐嘉年。仙露金风徐起,丹桂黄花璀璨,暑退正生寒。朗朗洗寰宇,清气满人间。　　今宵月,天水近,夜无眠。天涯游子,屈指归计梦团圆。风物堪描堪画,情味当思当忆,辗转得周全。佳节人难老,著酒酹明娟。

(2011 年 9 月 12 日)

满江红

辛亥百年赞

叹我河山,三千岁、雨凄风咽。漫漫夜、王旗变幻,谁家城阙。辛亥惊雷驱黑暗,武昌起义除民劫。一时间、华夏得光明,歌豪越。　　争独立,凭先觉;平危难,思英烈。赞雄狮怒吼、百舸催发。敢献宏遒抛旧世,为伸大业掀新页。换了天、看国富民强,多人杰。

(2011 年 10 月 6 日)

八声甘州

咏雁词

正清风浩渺扫秋晴,霜凋万山青。问年年雁字,征途消息,断漏驰星。辗转乡心渐老,依旧楚江横。挥翅天涯远,再探前程。　　无意荒沙碧水,任雾迷津渡,此去心明。幸知音三五,秉义赴鸾盟。算今生、曲高和寡,再回头、引项寄幽清。韶华好、此情无那,魂梦环萦。

(2011 年 10 月 12 日)

浣溪沙

暮 秋

叶落边山冷浸肤，知谁问菊漫嗟嘘。清寒万点合成图。
词外闲思蓬转去，吟来秋志露如珠。天高气爽尽通途。

（2011 年 10 月 15 日）

醉花间

戏 菊

词堪戏，酒堪戏，堪戏清秋季。疏影暗香殊，犹带娇怜
意。　　孤芳和梦至，独守阶霜憩。西风不解情，幽恨黄花地。

（2011 年 10 月 19 日）

临江仙

咏蔷薇花

婉约此心无处诉，凝眉风雨飘扬。芳菲一簇对晴阳。淡然
街角立，暗送几多香。　　蜂蝶有情邀倩梦，为谁重整妍详？
堪伤顾影影无双。年年依旧貌，不是旧时光。

（2011 年 10 月 22 日）

水调歌头

月食有寄

朔气贯霄汉,残雪覆尘香。谁怜清寂瑶阙,广袖舞姮娘。重忆前番厮守,两地茫茫烟水,四处瑞云祥。掩镜托幽梦,不见旧时郎。　　星黯黯,人有意,影难双。绵绵此恨,更兼天狗趁风飏。拟把柔情千万,纵度巫峰十二,一夜尽菲芳。彩月可邀语,圆少缺何长?

(2011 年 12 月 12 日)

卜算子

春　花

五彩缀芳心,丽质攸娉袅。百种风华一旦开,尽道春花好。　　弄影蝶翩翩,色褪蜂如扫。去也匆匆著梦痕,此味何人晓?

卜算子

春　晓

酥绿满苏堤,旧燕穿新柳。画里春光画外浓,谁使多情

137

手？　微雨浥花枝，花落人眠否？惊醒闲愁恨日迟，忆起唯
残酒。

（2011 年 12 月 23 日）

鹧鸪天

思　友

有幸于"作代会"上与旧日志友一晤，时过境迁物是人非，斯人老矣，不免唏嘘，感而吟之。

慷慨悲歌醉几回，吟成塞北不知梅。野云漠漠随风下，暇
逸恢恢伴雪飞。　重掩卷，又凝眉。年来往事日相催。依稀
梦里追欢客，识得沧桑会有谁？

（2012 年 1 月 9 日）

八声甘州

贺一海粟开博五周年

缀五年情物入华章，千回上心头。适飞霞霜染，冬晴风扫，
一派明柔。开卷诗心不老，彩笔谱闲幽。槛外枯荣替，悲喜离
愁。　沧海不应有恨，任归云去去，昨日兰舟。问新梅著未，
研墨值相俦。这香寒、清音千古，浩气长、谈笑对沙鸥。春将至、
再谐山水，无数风流。

（2012 年 1 月 13 日）

临江仙

辛卯腊月廿七忽降瑞雪

惊觉雪明知梦远,拥衾不似冬寒。灯疏风静夜阑珊。茫茫天地改,瑞气近年关。　　难却痴狂多有恨,浑然此路盘桓。幽思和泪到梅前。此身当磊落,昂首对云天。

（2012 年 1 月 20 日）

清平乐

贺新春

玉龙狂舞，佳节闻鸾鼓。紫霭祥光披彩树，爆竹声声捷祝。　　晴雪瑞砌乾宫,春来浩气当空。盛世景和宇泰,万家福运融融。

（2012 年 1 月 21 日）

浣溪沙

壬辰年初四夜半听爆竹连天有感

爆竹声浓惊夜时，祈祥禳福恁如其。阑珊灯火正迷离。　　吉庆人家攒喜色,清和气象进隍池。高堂年享寿之厄。

139

浣溪沙

盼春词

几度绕梁燕子啼，东风著梦画堂西。诗心高处赋时低。
遣送残梅寒拂面，催开春事喜沾眉。一年芳草探芹泥。

（2012年2月1日）

鹧鸪天

雷锋精神赞

　　和暖新风总在春，赞歌劲越荡昆仑。平凡隽永常青树，爱
憎分明不朽魂。　　持俭素，铸精神，助人为乐此心真。倾情
俯首螺丝帽，承志迎风红领巾。

（2012年3月6日）

鹧鸪天

赠祁国明

　　春使浮香满画楼，一轮明月探沧州。慧心遍摘风流句，彩
袖长舒凤点头。　　重掩卷，再凝眸。德韶翰墨引鸾游。新词
暗合柔情处，兰蕙纤纤白玉瓯。

注:祁国明,网名快乐飞武,河北沧州人,中华诗词学会、河北诗词学会会员,东光县诗词学会会长。已出版诗词集《撷韵东篱》。

(2012 年 5 月 9 日)

渔家傲

阅江楼

六百年前江上雾,一楼扼险无人渡。浪隐千帆伤日暮。金陵赋,巍巍狮子山高处。　　念罢沧桑成断絮,凌烟千尺攀云路。画阁飞檐和叹步。凭谁仵,哀猿声里归程误。

注:阅江楼,中国十大文化名楼之一。与武汉黄鹤楼、岳阳岳阳楼、南昌滕王阁合称江南四大名楼。位于南京古城西北角,临近长江。明洪武七年(1374)春,明太祖朱元璋决定在京师(今南京)狮子山建一楼阁,亲自命名为"阅江楼"并撰写《阅江楼记》,又命众文臣职事每人写一篇《阅江楼记》,大学士宋濂所写一文最佳,后入选《古文观止》。建楼所用地基平砥完工后,突然决定停建。直至 2001 年建成并对外开放,从此结束了 600 年来"有记无楼"的历史。

(2012 年 5 月 19 日)

昭君怨

矢车菊

顾影香疏岚麓,不与春风知处。秋水染明眸,许多愁。

◎第二辑　长短句

141

空把相思梦断，归雁年年月畔。瘦损这花枝，紫衣肥。

（2012 年 5 月 19 日）

南歌子

陇上行

莫怨长安月，轻嗟陇上风。云舒云卷压山峰，千里逶迤林麓倦途中。　　赏胜难知远，思归待意穷。孤城灯火水重重，长恨景光暗与梦殊同。

（2012 年 5 月 29 日）

减字木兰花

纪念毛泽东同志
《在延安文艺座谈会上的讲话》发表 70 周年

山河壮丽，七十年间书德艺。独领风骚，宝塔山前气劲豪。　　百花争艳，赋兴吟成诗万篇。翰墨流香，盛世天歌慨复慷！

（2012 年 5 月 30 日）

谒金门

陇　风

山八百，横断水南天北。寻尽断鸿无处觅，一年烟草碧。　　空旷陇风戈壁，千里苍茫初识。问罢雄心羌笛寂，几多幽事易。

（2012 年 6 月 1 日）

摊破浣溪沙

望夫石随感

逝浪苍茫戚恻声，江风依旧对芳卿，千点痴心逐帆去，最无情。　　追忆泪中哀梦灭，望夫岩上恨秋生。不语石经风复雨，共谁听？

（2012 年 6 月 8 日）

鹧鸪天

贺一海粟生辰

酥手兰心挑素丝，芳华更胜少年时。杏坛风雨春晖计，诗赋才思古意垂。　　歌洁雅，谱精微，粟心海梦任为之。年年花月添新色,一叶一尘笑悟机。

附:生辰寄感—海粟(原玉)

霜雪横摧豆蔻丝,烟村风雨拓荒时。杏坛蚕锦清风远,红袖南窗皎月垂。　　沧海愿,粟心微,潮来潮去两由之。春秋几度花开落,梦笔兰庭已忘机。

(2012 年 7 月 22 日)

卜算子

伦敦奥运会

光焰岛之边, 歌彻英伦雾。四海豪情绘五环, 骄子齐相聚。　　携手著铜花,戮力辉煌续。笑摘金银捷报多,华夏奇儿女。

注:第 30 届夏季奥林匹克运动会在斯特拉特福德奥林匹克体育场于北京时间 7 月 28 日 4 时整开幕,伦敦奥组委公布口号为"Inspireageneration",翻译中文为"激励一代人"。

(2012 年 7 月 28 日)

水调歌头

赞伦敦奥运会中国代表团

屈指数人杰,奥运美名镌。傲然榜首环顾,笑伴掌声欢。此处雄风正烈,一派欣欣气象,盛况且高瞻。风掣百旗展,火炬照长天。　　多少泪,血与汗,是奇谭。增强体魄,犹壮国力在人寰。掷弃蒙尘屈辱,摘得光辉盛誉,华夏志当先。众里好儿女,报捷喜频传。

（2012年8月4日）

满江红

钓鱼岛追思

碧海茫茫,风云荡、鸥鸣浪遏。回溯处、古今华夏,地灵人杰。饮马天边歌与酒,钓鱼岛上悲和乐。百千代、薪火共相传,怀先烈。　　前朝耻,难忘却。群忿盛,何堪灭?见窥边狼子,跳嚣猖獗。十万河山谐正义,九州意气真如铁。扬膺起、棒喝振生天,全中国。

（2012年9月12日）

菩萨蛮

街　市

浮华镜里何曾足?红尘一梦销金窟。长日锁朱楼,风翻无限秋。　　清歌闻处处,来往皆商贾。新剪旧时装,招徕群目光。

（2012年9月24日）

水调歌头

壬辰秋夕遥祝

月出九霄净,独向此时圆。遥思孤寞姮女,停舞广寒边。不忍霜清露白,望断茫茫烟水,灯火正阑珊。岁久甚情味,如玦又如环? 　　正中秋,菊香烈,桂花娴。妖娆华物,风菊劲爽胜空前。胸荡欣欣气象,心醉融融笑语,团聚贺长天。多少真情意,祥乐满人间。

（2012 年 9 月 30 日）

贺新郎

为拙著诗词集《紫陌吟香》出版所作

紫陌吟香处。便秋风、苍茫染尽,等闲寒暑。常向行云邀闲野,对酒疏狂如故。匆促里、斜阳草树。笔破荒唐图一笑,纵暇余意兴倾天柱。歌未歇,景光路。 　　幸天不与诗书负。算平生、慨然嗟起,梦迷津渡。云翼风鹏山千仞,骋目逍遥襟度。几多事、红尘佳侣。重把多情磨宝镜,更珠玑咳吐罗残句。明月共,可传语。

（2012 年 10 月 4 日）

贺新郎

酒余知友七八论朔州历史

别有清寒境。正冬深,江天寂寞,雪浓风冷。雁北当年苍凉色,指点英才兴盛。纵马邑、烟迷荒径。青冢草花重拾起,野人家、云压桑榆顶,春不管,陌头杏。　　知谁团扇凄凉咏?算今来、繁华过处,叹余鸿影。书里楼烦终难是,瘦却林梢月镜。梵寺在、平畴边岭。万事无痕幽梦远,便层楼、改了前番景。人七八,意如酊。

(2013 年 1 月 24 日)

烛影摇红

暨南大学高伟浓教授赠词集《烛影摇红》读后作

词里红棉,年年秀色南中别。珠江灯火倍温情,瑶厦环朱阁。屈指英才百粤,赞风流、儒林海客。艺游樊圃,骛远仁涂,清鸣劲越。　　烛曳幽窗,一湖碧水聊沽月。零丁洋畔起潮声,归梦思时烈。甚幸诗心可托,寄兰笺、疏梅映雪。白云生处,赤子情衷,铿锵热血。

附:高伟浓教授赠诗

谢师红儒先生雅著《烛影摇红》随吟二律

第二辑　长短句

147

（一）

网海时曾读妙篇，焚香今日入洞天。

仿佛寻风来晋地，更如采玉到蓝田。

心心励节心犹竹，字字生馨字若兰。

把卷凝神庭桂下，整冠危坐再三看。

（二）

喜得竹林缘，风和日丽天。

芜篇呈晋朔，学子叩函关。

有梦留泉岫，无邪逐管弦。

长歌人不散，烛影共摇轩。

1 月 27 日凌晨于云南驿旅途中

（2013 年 1 月 27 日）

临江仙

元宵节灯市所见

宝色仙光宵九外，此情此际销魂。万家灯火闹良辰。人间华彩共，照亮月边云。　　不在春花娇艳处，春花却逊千分。星河更近夜游人。平明新气象，谐伴等闲身。

（2013 年 2 月 25 日）

重拾温情对叶题

画堂春

十二生肖反咏

(一)子鼠

深居一意攫荣华,暗中恨断钢牙。损人肥我乐哈哈,任尔谁家! 莫笑仓皇终日,投机取巧天涯。猖狂有物且抓拿,声誉无他。

(二)丑牛

几番喘月畏天长,鲜花棘草孰香? 鞭驱牛气奋蹄忙,愚鲁于囊。 怒目再操犄角,嗫声为饱饥肠。庞然此物尽虚张,身死绳缰。

(三)寅虎

虎威虎胆不需藏,天教此意洋洋。山冈有我众中王,力逮羔羊。 堪笑平阳恶犬,作伥充冒强梁。网笼八面锁风光,昨日辉煌。

(四)卯兔

身轻刀镬与枪丛,惊心终日腾冲。苦营三窟不求功,末路途穷。　试问苍生天地,奈何遍起腥风?谁教弱质命相同,恨贯睛红。

(五)辰龙

云山雾海好潜形,神乎千古逢迎。游离上九问贤明,物外缘情。　南北难全首尾,东西梦里玄精。愚民图治绘狰狞,不世才能!

(六)巳蛇

深谙血冷度艰难,躬身试路平宽。恨无手足暂成团,首尾相缠。　识尽炎凉况味,小心揣测周边。天生毒物配娥颜,命舛谁怜?

(七)午马

绳缰骈死在槽梁,圈中一线天光。磨蹄畴垄泪成行,孰劣孰良?　无意驰骋万里,有心饱暖边厢。嘶声抑郁日绵长,嘴下糟糠。

(八)未羊

羊羔美誉烁雌黄,驯良不敌强梁。十方乐土尽豺狼,错拟风光。　有奶无端他与,存心跪乳恩娘。毛皮稗草不相妨,作嫁衣裳。

(九)申猴

机心暮四换朝三,腾挪跳窜邀欢。人前楚楚沐而冠,啼笑绳端。　山里大王充就,痴癫捞月观天。挠腮抓耳复何堪?尾下红斑。

(十)酉鸡

日间卖弄此音长,引吭坩外晨光。扬威耀武不辞忙,拿势装腔。　　彩羽难齐矮树,专欺架下鸾凰。牛刀映眼血成行,碎了鸡肠。

(十一)戌狗

狺狺檐下等人言,浑浑不识时艰。懒睁狗眼舔盘餐,冷骨腥鲜。　　此世几家门院? 离魂刀俎生钱。可怜热肺对心寒,错在高攀。

(十二)亥猪

饭来张口亦身安? 养膘百日人前。莫辞愚鲁不思欢,懒问残年。　　三尺方圆一世,浑然小命归天。生生离恨鼎筵间,此味当鲜。

(2011 年 11 月 28 日)

临江仙

(一)

不尽鸡窗残烛冷,当时若许痴情。茫茫江海寄浮生。风光无限好,春去独无声。　　长恨行云抛掷久,大风乍起难凭。层楼更上望天青,二三归鸟急,笑我影伶俜。

(二)

曾笑万般皆下品,孜孜一意书间。高谈阔论井中天,斯文方砺志,庭院得清闲。　　明月山冈风浩荡,几回欲醉还难。

无端底事损华年,茗香非本色,弦断寄尘缘。

(2011 年 6 月 12 日)

卜算子

听 戏

旧里不辞悲，又见烟云聚。啼笑缘生镜月边，曲罢无寻处。 击案斥荣华,鸾梦佳音去。颠倒红尘百万回,拟叫真情住。

卜算子

咏煤炭

寒谷育丹心，几度沧桑聚。旧事雄浑一梦中，兴在豪情处。 此意著明光,馨暖和春去。炽烈襟怀赤焰生,为使寒风住。

(2011 年 7 月 14 日)

西江月

水 晶

东海攒珠撷翠,玉都滴露堆琼。人间天上水晶宫,千古风光万种。　　　素手裁成仙品，兰心雕就神工。琳琅宝器现巍崇，惹得四方传诵。

（2011 年 7 月 18 日）

画堂春

鲲　鹏

鹏飞八裔气昂扬，巍哉万里风光。碧云冉冉逐苍茫，水远天长。　　　吭引清音直上，乾乾有志铿锵。岂无月桂与星霜？装点华裳。

（2011 年 11 月 8 日）

眉　妩

龙　吟

著波光云海，掠影浮踪，朱笔把睛点。探首神机动，深玄处，嗟乎全隐真面。锦鳞灿灿。十万年、如梦如幻。屈伸地，动静腾挪里，引雷电天撼。　　　惊羡！龙池金辇。有御人之道，谁坐銮殿？九五风云遂，凌烟阁，悲歌慷慨无限。汗青可鉴。叹若虚、迷乱尘眼。得时纵横间，舒志意，在高远。

（2012 年 1 月 16 日）

调笑令两阕

（一）

长路,长路,此去风光无数。清歌直上云途,功山名海度虚。虚度,虚度,多少年华辜负。

（二）

风雨,风雨,长向亭亭花树。几多蝶恨啼鸪,翻成流景叹吁。吁叹,吁叹,应与痴情厮伴。

（2012 年 5 月 15 日）

如梦令两阕

（一）

花事倥侗一梦,诗酒苍茫万种。也唱大风归,醉卧巫乡仙洞。天纵,天纵,八斗才情可诵。

（二）

一枕清风兰栋,千尺彩云鸾凤。颠倒是疏狂,忍把浮华抛送。如梦,如梦,依旧天涯月共。

（2012 年 5 月 16 日）

好事近

5月31日下午大雨

雷电欲摧城,忍对雨狂风急。前度景观犹是,可怜多情客。　　轻抛缰锁觅清闲,风雨暗吹逼。日暖又添蝇蚋,卖弄逍遥翼。

(2012 年 5 月 31 日)

菩萨蛮

雷 雨

谁持利剑开清宇?风雷万壑倾盆雨。平地起流溪,折英随水驰。　　洪荒凝四野,山势连泥泻。独上小楼寒,苍茫何若天?

(2012 年 6 月 30 日)

浣溪沙

夜 雨

夜雨无端花满途,平明山色有还无。烟云轻锁混元初。
风浑常闻忧患起,水浑多载石沙浮。怅然此意竟难除。

(2012 年 7 月 21 日)

◎ 第二辑　长短句

155

清平乐

次韵李梦痴题鸟两阕

羁鸟投林(一)

风霜参饱，敛翅同林鸟。暖翠晴红应觉好，木末声声弄巧。　　一飞梦在高天，清鸣携伴悠闲。几度秋山春水，不思今昔何年。

老鹊登枝(二)

新枝老翅，每以伤心计。前度香巢今不是，顾影临风悲喉。　　恁多冷月霜风，眼中寂寞苍穹。更有秋虫残梦，此身恰似飞蓬。

附:李梦痴原词:

羁鸟投林(一)

只图温饱，不作笼中鸟。清苦自由滋味好，起落宁烦机巧。　　一般寥廓晴天，几番云去云闲。聊藉东风驻脚，故巢还似当年。

老鹊登枝(二)

出人头地，临老终无计。心急还须风助势，关键要看机会。　　那天巧遇东风，赶忙身向前冲。忘了树枝悬顶，翻身坠入蒿蓬。

（2012年8月14日）

156

金缕曲

烛也流辉耳。恁千番、琼窗玉榭,暖香庭第。阑月飞蛾多残梦,独惜幽幽此意。无限事、风稠云细。颠倒红尘寒暑往,鹧鸪声、每与人憔悴。花易碎,去如水。　　彩笺宝瑟销残醉。问心伤、佳期未卜,物华重拟。昨夜星辰应方好,人在天涯恨里。夕阳短、多情难已。断续蛩音秋渐去,待明年、碧草连绵起。需尽醉,莫轻弃。

(2012 年 10 月 31 日)

浣溪沙

落　叶

(一)

昨日韶颜秋畔篱,谁将冷月挂空枝。曾经绮梦也支离。
底事悠悠成断续,此情落落惜纷飞。春痕一抹在鸿泥。

(二)

重拾温情对叶题,繁华一去付沙泥。凌霄阁上叹风凄。
冰雪无期春梦碎,芳菲有日晓莺迷。颓红惨绿使人痴。

(2013 年 1 月 3 日)

157

一曲英雄多寂寞

临江仙

咏《水浒传》人物之一宋江

失意浔阳江口客,胸怀吏道凌烟。遂人愿水泊梁山。断金亭义在,豪气遏云天。　　笑罢黄巢身易死,痴心长计招安。经年血染众关山。功名何复累? 辜负好儿男!

临江仙

咏《水浒传》人物之二卢俊义

一曲英雄多寂寞,凛然大器盘桓。谨身清白奈何天,玉麒麟玉碎,何计得周全?　　慷慨长歌翻作恨,绿林重谱心丹。功成马合放南山。无情唯逝水,休问此途艰。

(2012 年 3 月 23 日)

临江仙

咏《水浒传》人物之三吴用

三略六韬无用处，东溪百结愁肠。寄人舍馆倦思量。智多星也黯，不第状元郎。　　草莽谋成诸葛计，酒香难胜书香。苦心孤诣赚苍茫。天机何道破？老木缢悲凉。

临江仙

咏《水浒传》人物之四公孙胜

无道州邦何悟道？一清风动苍松。七星宝剑斩罴熊。精玄投义气，莫测入云龙。　　几度潜修尘壑隙，经年建得殊功。盅空常对旧情浓。天闲江海往，梦去不留踪。

（2012 年 3 月 24 日）

临江仙

咏《水浒传》人物之五关胜

柳髯芳名忠义后，宝刀百炼玄光。勇威天赐战沙场。绿袍沾碧血，志气在家邦。　　骐骥骈身槽枥死，春秋一梦茫茫。怎堪猛虎卧平阳？醉间难驭马，谁识许多伤？

临江仙

咏《水浒传》人物之六林冲

扼腕衔悲忠武汉,此生多少辛酸? 英雄本色挺枪端。麾军超百万,委屈立身难。　　隐忍梗浮何限恨,扬膺气薄云天。不平怒火泪难干。何方全智勇,风雪上梁山。

(2012 年 2 月 25 日)

临江仙

咏《水浒传》人物之七秦明

天猛生威霹雳火,狼牙棒扫千军。豪歌铁马壮胸襟。红缨临阵艳,百战立功勋。　　声喝断狼营虎帐,悍坚力搅风云。赳赳憨将铸忠魂。英雄沙染血,常使泪沾巾。

临江仙

咏《水浒传》人物之八呼延灼

铁胆神威忠烈将,双鞭激荡风雷。万军中踢雪乌骓,摧城人莫敌,百战凯旋归。　　长恨靖康无限耻,老夫再绾鍪盔。

160

悲歌马革裹尸回。神州多志士,青史美名垂。

(2012 年 2 月 26 日)

临江仙

咏《水浒传》人物之九花荣

倜傥天英真伟俊,定睛神射雕翎。山河箭镇去流星。江湖投义气,挥袖斥清名。　　苟以天低鸿共雀,平林振翅交鸣。鸩杯豪饮赴兰盟。荒沙埋志士,寂寞蓼花汀。

(2012 年 3 月 30 日)

临江仙

咏《水浒传》人物之十柴进

富贵如云龙凤裔,养尊气定神舒。疏财仗义誉江湖。豪歌需纵酒,醉语笑丹书。　　底事飞灰归一梦,瞬去旋风何如?轻抛荣辱任沉浮。西山残日下,悲怆复如初。

临江仙

咏《水浒传》人物之十一李应

谨守豪奢难自保,堪伤鹘眼鹰睛。修身明哲善经营。可怜

161

横祸起,百里业基平。　　忠义堂前千盏酒,兴浓相惜惺惺。经年戎马任驰骋。封侯非所欲,湖海月华清。

临江仙

咏《水浒传》人物之十二朱仝

务里殷勤忠义汉,凛然表里身兼。痴心立命太平年,翩翩撩美髯,慷慨好儿男。　　秉道侠行江海阔,奈何难济周全?烟花梦断水如烟。昭昭清气盛,天满在人间。

(2012 年 4 月 2 日)

临江仙

咏《水浒传》人物之十三鲁智深

不养灵光成鲁达,赳赳莽力刚夫。智深一点是天孤。坦然伸正义,慷慨把危扶。　　玉索金绳浑奈我?听潮顿破醍醐。舍身经岁有耶无。屠刀诛业恶,禅寂问途殊。

(2012 年 5 月 9 日)

临江仙

咏《水浒传》人物之十四武松

磊磊此身怀义胆，当年打虎英雄。景阳冈上卧松风。蹇途廊下客，侠隐绿林中。　　醉眼水山无限好，杯倾岁月峥嵘。横刀断喝气如虹。天伤钟磬下，六合本为空。

（2012年6月2日）

临江仙

咏《水浒传》人物之十五董平

天立将横冲直撞，双枪善战能征。轻驱英勇斩长鲸。神威能拔寨，俊赏会调筝。　　谁解多情生暗恨，挥刀断却多情。骖鸾并凤赚清名。独松关下义，热血染红缨。

（2012年6月3日）

临江仙

咏《水浒传》人物之十六张清

去石飞蝗神鬼哭，轻伤多少英雄。趋身哨路显神通。归程烟火密，歃血饮金盅。　　问却无情非俊杰，阵前鸾烛情浓。

独松岗下义天冲。功名流矢断,回望夕阳红。

临江仙

咏《水浒传》人物之十七杨志

　　大志遭逢天暗暗,恨身报国无门。宝刀俗眼换毫银。黄泥岗下醉,末路泪沾巾。　　草莽悲风思祖训,举头冷月烟津。成仁取义此情真。可怜忠烈后,无处道艰辛。

临江仙

咏《水浒传》人物之十八徐宁

　　神技钩镰天下识,金枪侍得丹墀。鸾翔凤翥俊才稀,轻抛君侧贵,尚惜赛唐猊。　　草莽但投真义气,万千铁甲哀嘶。连年烽火照征衣。孤峰残月上,泪眼望京师。

临江仙

咏《水浒传》人物之十九索超

　　忠武一生轻百战,争先急煞英雄。驰骋骁烈建奇功。怒挥金蘸斧,雪豹马如风。　　猛士悲歌时不利,陨星瞬亮天空。有心靖国势峥嵘。江山无限恨,热血写恢弘。

临江仙

咏《水浒传》人物之二十戴宗

暗处好施双脸面,江湖义气平生。千机天速善神行。处身常事外,冷眼笑蚊蝇。　　探得风声悲画角,深谙去路荒城。景光凄惨影飘零。安心林樾下,细数满天星。

临江仙

咏《水浒传》人物之二十一刘唐

浪荡江湖多尚义,夜沉天异星明。金珠十万馈惺惺。刀头迎险恶,赤发鬼无情。　　问却安身唯暗计,庸庸志气无凭。甘驱马前斩长缨。可怜身易死,无处悼英名。

临江仙

咏《水浒传》人物之二十二李逵

混世浮沉天杀怒,赳赳浩气干云。力伸无畏在乾坤。愚顽因大勇,黑旋风性真。　　倒海翻江神鬼惧,妄言向梦中人。也将佛眼贴瘟尊。不谈荣耀事,恩谊葬离尘。

临江仙

咏《水浒传》人物之二十三天微星史进

焚却浮华除块垒,快哉湖海长风。豪情应比那时浓。精微天道远,耿耿九纹龙。　　问却风流唯义气,厮磨年少英雄。宜将壮志对金盅。江山血染就,改了旧苍穹。

临江仙

咏《水浒传》人物之二十四天究星穆弘

豪霸诸乡威凛凛,横眉碧水青山。揭阳虎踞没遮拦。秀林花正好,红压半天边。　　为随道义此身损,千回马后鞍前。难平孤愤恨声喧。良驹槽枥死,所得是辛艰。

(2012 年 9 月 10 日)

临江仙

咏水《水浒传》物之二十五天退星雷横

插翅虎威深涧纵,曾经铁汉牛娃。摇身闲步在官衙。蟊贼青眼下,揖盗待人夸。　　广厦难容身七尺,惘然败蓼寒鸦。经年血火更相差。云遮天漠漠,辜负许多花。

临江仙

咏《水浒传》人物之二十六天寿星李俊

山水一方藏大智,混江隐得潜龙。事逢危急显英雄。乘风舟纵渡,进退不相同。 身外身多酣梦醉,当年意兴成空。狼烟起处遍哀鸿。逍遥沧海逝,景象正迷濛。

临江仙

咏《水浒传》人物之二十七天剑星阮小二

风浪砺磨孤胆汉,人间恶煞凶神。铿然一诺重千金。心坚天剑利,散淡海湖人。 石碣村边烽火骤,去来刀俎离魂。萋萋芦荡并非春。横刀回首笑,热血染埃尘。

临江仙

咏《水浒传》人物之二十八天平星张横

月黑风高船火暗。浔阳江水无声。枕戈野渡隐狰狞。往来都是客,冷眼讨营生。 孤棹天平星惨淡,渔歌风雨斜横。洪波万里艇扬旌。衔刀无限恨,泪眼向征程。

167

临江仙

咏《水浒传》人物之二十九天罪星阮小五

踏浪斩鲨真气概，也曾降祸生灾。渔歌荡水荻哀哀。赤贫生磊落，悍勇扫狼豺。　　天罪不平多暗恨，奈何卷地阴霾？弄舟浊浪向云排。宁全刀下义，不跪凤鸾台。

临江仙

咏《水浒传》人物之三十天损星张顺

一线白条翻浊浪，快哉风急波深。锦鳞烈酒笑王孙。江头无限事，江水自浮沉。　　假日云遮天损怒，迎坚血染烟津。悲声四起涌金门。金华神尚在，岁岁绿芦蘋。

临江仙

咏《水浒传》人物之三十一天败星阮小七

江水悠悠浮日月，横舟断续渔歌。人间自有活阎罗。售奸图大快，铁胆网鲸鼍。　　天败豪情千段恨，龙袍御酒消磨。干云意气易蹉跎。野村真味见，万事逐烟萝。

临江仙

咏《水浒传》人物之三十二天牢星杨雄

不问愚贤刀染血,柔肠辣手厮磨。他乡酒醉替沉疴。委身常忍受,前事早蹉跎。　　勘错绳缰无限累,去途雾隐烟波。风尘再掩旧山河。低眉何所似? 荡气起悲歌。

临江仙

咏《水浒传》人物之三十三天慧星石秀

仗义多从欺世客,英豪更问渔樵。流离陌路月如刀。谨身锥立地,拼命不辞劳。　　天慧星孤林莽下,全知大道遥遥。功名身外酒千瓢。寒沙血未冷,耿耿气难消。

临江仙

咏《水浒传》人物之三十四天暴星解珍

野日林深多猛士,弓惊走兽飞禽。越崖翻涧好光阴。双头蛇尚畏,苛政毒难禁。　　天暴奇冤非射虎,命悬叵测人心。梁山去路也森森。帝乡无乐土,时有大风侵。

169

临江仙

咏《水浒传》人物之三十五天哭星解宝

力喝威生驱虎豹,英雄错寄蓬门。山中寒尽不知春。周遭皆俗客,颠倒是非论。　　双尾蝎何藏世眼,苟安有恨难伸。钢叉仗义破妖氛。山霞犹沐血,天哭告忠魂。

临江仙

咏《水浒传》人物之三十六天巧星燕青

浪子风流多识见,英才天巧人惊。锦心绣口玉珑玲。绕梁声不去,技艺贯神京。　　摆脱风尘需了达,野居乐奏箫笙。等闲壮志气云凌。轻抛身外物,潇洒海湖行。

(2012 年 12 月 4 日)

蝶恋花

咏谢道韫词

昨日浮华今略领,飞絮无痕,明月临渠井。王谢堂前悲燕影,相思几度遗空镜。　　袖舞香尘唯独咏。似水柔情,敢向仓皇境。不恨情思成晚景,慧心衷曲方怡性。

注:谢道韫(349—409),咏絮之才的起源,著名才女。她出生于晋代王、谢两大家族中的谢家,陈郡阳夏(今河南太康)人,东晋后期打败苻坚百万大军的一代名将谢安之侄女,安西将军谢奕之女,成人后又是大书法家王羲之的二儿媳,即王羲之二子王凝之之妻,可谓是出生于诗书富贵之家、礼乐簪缨之族。公元399年,丈夫王凝之为孙恩起义军所杀,后一直寡居会稽。

(2011 年 4 月 25 日)

蝶恋花

咏辛宪英词

不恨红尘如去水,众里英雄,荣辱浮尘里。驿外烽烟惊梦起,月斜谁解其中味?　　撩乱弦丝重又理,冰雪心心,每作苍茫累。谁假珠玑成大计,深闺轻却林间士。

注:辛宪英(191—269 年),就在她出生的那一年,董卓焚烧洛阳,挟天子迁都长安;到她去世前六年(263 年)蜀灭,再两年后(265 年)魏覆,而吴则在她身后苟延残喘至 280 年也终于亡了,可以说,辛宪英的一生见证了整个动荡的三国时代。魏侍中辛毗之女、辛敞之姊。聪朗有才。辛宪英之于史,素以智著称,旧时曾有歌将辛宪英的智、曹娥的孝、木兰的贞、曹令女的节、苏若兰的才和孟姜的烈并称,皆谓之出类拔萃。

(2011 年 4 月 27 日)

蝶恋花

苏小小

月照西泠生乱影,青冢香残,不与痴情等。尽道才华天妒命,笙歌画舫风尘冷。 晓梦红笺和泪省。恨水无踪,桥外繁浮景。词里芳名词外颂,悠然一叹同谁应?

(2011 年 5 月 9 日)

蝶恋花

张丽华

璧月琼花堪入曲,结绮楼空,春去秋声录。膝上欢情词下辱,胭脂井浅清溪肉。 玉树后庭人未足。殢雨尤云,何耐风催促?谁置江山成镬粟,晚芳难使新词馥。

注:歌妓出身的张丽华后来做了是南朝陈后主的贵妃,她长相上最大的特点是发长七尺,光可鉴人,眉目如画。此外,更具有敏锐才辩及过人的记忆力,所谓"人间有一言一事,辄先知之"。当时陈后主在光照殿前,又建"临春"、"结绮"、"望仙"三阁,高耸入云,其窗牖栏槛,都以沉香檀木来做,极尽奢华,宛如人间仙境。陈叔宝宠爱贵妃张丽华,"耽荒为长夜之饮,嬖宠同艳妻之孽",到了国家大事也"置张贵妃于膝上共决之"的地步。

(2011 年 7 月 11 日)

满江红

赞消防官兵

烈火雄心,浩气在、衷肠热血。男儿志、山河壮丽,保家卫国。苦雨疾风肝胆壮,旌歌捷报襟怀阔。砺磨成、神勇贯长虹,辉煌写。　　橄榄绿,夯伟业;军旗艳,人如铁。驾云桥纵度、挺身飞越。火热水深书大爱,消灾防难成英杰。赞长城、千古自巍巍,丰碑崛。

(2011 年 5 月 10 日)

蝶恋花

苏　蕙

慧绝璇玑千字馥。素手拈来,空引无情渎。五采莹心歌未足,西窗月下相思逐。　　闲点回文成异曲。段段芳华,独坐销清浊。谁感离怀翻作哭,可怜织锦颜如玉。

注:据《晋书·列女传》记载,苏蕙,字若兰。陕西省武功县苏坊村人,是东晋陈留武功县令苏道质第三个女儿,约生于秦王苻坚永兴元年(357 年)。苏若兰自幼容颜秀丽,天资聪颖,以创作的回文诗《璇玑图》闻名。十六岁时嫁于秦州(今甘肃省天水)刺史窦滔。

(2011 年 12 月 6 日)

中年更觉斯情切

金缕曲

与妻书

二十年华月。少年心、寒窗铁槛,锦程铺设。便此生风情千种,有意中人相悦。携手处、心随双蝶。鸾烛彩笺莲并蒂,纵蓬门、胜却寻常物。看不厌、粉腮雪。　中年更觉斯情切!忆曾经、相濡以沫,苦甘连叠。雨也明柔风浩荡,比翼天清海阔。不辜负、操琴将挈。四壁馨香缘素手,笑红尘、赚得痴嗔别。人正好,玉无缺。

(2012 年 10 月 28 日)

忆江南两阕

(一)忆奶奶

阑珊梦,难与旧时同。二十年前慈善语,半生忆里冷清风。

偷拭泪龙钟。

(二)惊梦

阑珊梦,春去故园东。寂寞边风吹杏雨,凄凉底事付蟾宫。心事有无中。

(2012 年 5 月 10 日)

满江红

悼岳父

若个无情,这风雨、泰山柱折。何限恨、薄尘泪溅,漫天纸蝶。耳顺焉知诸事已,名清但得千秋洁。惘举头、三尺是苍天,含悲切。　　慈和貌,音若在;谨慎计,心难歇。忆乡心杳杳、半生漂泊。福寿庭前荫秀木,雁门关外霜寒月。哭嚎啕、碧落苦无根,思唯别。

(2011 年 6 月 10 日)

六　州

瑞雪遥寄

孤塞地、一夜雪霏霏。天也素,苍茫起,万树著琼枝。辽阔里、朔气低垂。山失云霭远,四野明辉。雁门外、晴日光披。呵手掩帘纬。冬闲梦短,鸡豚腊酒,寻亲访友,鸿禧笑声齐。　　山河美,壮哉北国南陲。天降瑞,景殊异,宏愿待春期。良时永、盛世

175

新诗,自巍巍。喜谐物象相宜,人长久、再展雄姿。劝天降英才。昭昭红日,融融景象,晴空万里,浩气贯东西。

(2011 年 1 月 3 日)

临江仙

贺文韬兄爱女新婚

佳合鸾俦相比翼,三生缘定情长。良辰瑞霭送风光。山盟今拟就,携手拜高堂。　凤烛金樽歌一曲,天涯喜气飞扬。悠悠赣水绕仙乡,文韬书重彩,皓月照兰窗。

(2011 年 12 月 4 日)

点绛唇

离 情

塞草边风,苍茫一派云天冷。远山雪映,漏短寒禽静。　窗里冰花,窗外凄凉境。离情永,黯然心骋,拟把归期省。

(2011 年 12 月 11 日)

采桑子

与友聚谈偶寄

当年意气何方尽？拚却轻狂。拟得轻狂，些许沧桑入酒肠。　　相逢不问流年事，夜色苍茫。梦也苍茫，雪后梅花分外香。

（2012 年 3 月 9 日）

瑶池燕

林花飘散。春愁浅。点点。雨情风绪悠远。寻难见。银蟾少半。离人晚。　　鹧鸪声、和韵厮念。怅然面。春波几度撩乱。征鸿断。依依柳线。千千盼。

（2012 年 4 月 19 日）

捣练子

夜　酌

春夜静，月华新。壶里风光淡泊身。一二离忧千里外，且吟山水寄冰心。

（2012 年 5 月 11 日）

长相思

木华清,水华清,鹏击云天万里青,春残景愈明。　　风兼程,雨兼程,八百关山累此生,鬓霜幽梦惊。

(2012 年 5 月 17 日)

相见欢两阕

(一)

有心挽得春风,去无踪。常向行云流水哭飞红。　　临晓镜,人记省,又相同。一点闲愁随酒短歌中。

(二)

何方占得风流?意悠悠。不尽春风词笔染芳丘。　　欢梦短,空余叹,不堪求。帘外繁花西照正明柔。

(2012 年 5 月 18 日)

浣溪沙

雨霁携友共酌

觅却闲愁风雨疏,夏花恹恹落霞殊。烟林宿鸟怎堪书?
常恨晴埃眉底散,独怜春梦醒时无。此情对酒可消除。

(2012 年 7 月 27 日)

178

卜算子

忆

月照去年人，花雨今年又。问却闲情不是愁，却道相思久。　　聚散两依依，新瘦孤城柳。夜色苍茫酒醒时，往事难回首。

（2012 年 8 月 3 日）

浣溪沙

夜读《纳兰词》

风叶断蛩月独明，一生惆怅不稍宁。京华幽梦恁凄清。侧帽词成鸾烛恨，画堂歌歇野云生。曾经容若太多情。

（2012 年 8 月 5 日）

鹧鸪天

病中作

一段幽思一段愁，登楼最怕在清秋。林红黯黯霜风后，心事悠悠月桂头。　　云乱走，水横流。留禽何处语啾啾。曾经意气生成恨,拟把衷情阑梦收。

（2012 年 8 月 15 日）

采桑子

壬辰七月十五祭

绿杨烟里孤村外，满目蒿芽。秋染蒿芽，荒冢年年野菊花。　　原知万事成追忆，咫尺天涯。心也天涯，常负恩情恨梦奢。

（2012 年 9 月 1 日）

鹧鸪天

双节言休

纸上高谈心上忧,声声风雨合成愁。钓礁浪急穿云月,举国声齐斥耻仇。　　思古训,理民讴,沉浮水载几多舟? 长城一带苍茫起,巍立豪情在九州。

（2012 年 10 月 2 日）

沁园春

书兴兼贺郭志宏诗友开博

寂寞红尘,点检风流,雅怨诗骚。算浮生百味,烟云漫漫,闲思万念,风雨潇潇。秋月春花,经年更好,再把文心逐浪涛。痴狂计,换浅斟低唱,此路逍遥。　　辛酸染透鲛绡,耐掷弃沧桑胆气豪。更稼轩襟度,扬膺歌彻,耆卿愁结,含恨泪浇。都在衷肠,多情句里,玉辇鸾盟暮与朝。凝眸处,又妖娆景象,水远山高。

(2012 年 10 月 6 日)

鹧鸪天

致　友

自有真情常不辜,曾经嫉愤太多余。千回人叹三江水,一点风流半卷书。　　求富贵,道贤愚。秋来华物恁萧疏。可堪长揖酬相识,笑里全知斛内珠。

(2012 年 10 月 17 日)

菩萨蛮

忆故人

前情只合成追忆,年年柳陌伤心碧。风满旧关山,月随清梦圆。　　平明何处去?花散寒尘路。最苦是知音,杯前成独吟。

浣溪沙

问

几度西窗红蜡灰,相思曲碎叶遮碑。明年风又哭丹藜。

心字红笺重记起,鸾盟秋月莫抛离。芳华每日待春期。

(2013 年 1 月 9 日)

浣溪沙

癸巳将至感怀兼和程连陞先生四片

不喜林花春意腾,去年尘色梦频惊。小窗几度月斜横。

风雪楼头重自省,书琴案侧又钟情。悲欢无料任迁更。

又

岁月催人任逐腾,自勤自慎损无增。疏风碧竹影伶俜。
长向刚峰多磊磊,了无孤愤苦营营。沧桑正道是真情。

又

乐水一程山一程,程程景象待扬膺。新雏云锦竞清鸣。
更惜残章缘少酒,闲搔尘鬓问多情。平明梦远忆年轻。

又

词里冬消暖意生,一壶珠报遇知情。连天春信对风清。
溯古才思空浩叹,惜今雅趣再洪声。梅枝早有鹊来登。

附录:程连陛先生原韵:

(一)

枕上江头桃汛腾,年来年去几番惊?寒宵弦月漫西横。
笔墨殷勤人有意,春秋荏苒岁无情。人间又是一轮更。

(二)

望断云山意马腾,春来却怕鬓霜增。流光岂管老伶俜?
莫若诗吟村酒伴,何需怅怨苦心营。桑榆不愧夕阳情。

（三）

试问春风有几程？东君脚步梦声声。寂寥人盼焰花鸣。

不似旧时迟暮意，顺应新景少年情。鬓霜初染笑年轻。

（四）

抛却闲愁笑语生，家长里短话真情。每餐豪饮笑刘伶。

自古高人无是处，而今闲叟赋心声。逢人便道又春程。

（2013 年 1 月 18 日）

菩萨蛮

节后同学小聚

窗边火树筵边酒，真情总在相逢后。旧貌配新装，十年何太长。　　思量辞聚意，少了悠闲味。妄语已中年，开言和叹连。

（2013 年 2 月 18 日）

与君把酒道痴话

多　丽

整茶醪，务中闲乐相颐。月窥帘、暗香疏影，谁得此物长随？百事寂、春山秋水，问归路、云遏鸿泥。老树新花，朱颜晚镜，幽幽一梦待人知。透碧霄、晓星传恨，几度泪沾衣。数寒漏、千千心结，付与相思。　　等闲间、几番风雨，隔年杨柳依依。忆浮生、片帆孤棹，望云涯、边山长霓。屡变尘霜，痴癫未减，西窗萤烛一方辉。销魂处、梅笺蝇篆，花落满琴丝。天知晓，有晴无晴，只在今时。

（2011 年 1 月 4 日）

南乡子

旧梦几回真？独自凭阑月下人。春去始知多少恨，无踪，隔岁莺红别样新。　　险韵入诗心，强乐孤樽是苦辛。尽道有情天未老,重惊,水月镜花易断魂。

(2011 年 1 月 18 日)

西子妆

　　问却闲云,春愁黯黯,忍把流光偷掷。花痕月梦在新词,恨无声、断肠滋味。疏狂一醉,百千度、归思幽忆。望春回,独守林红老,茫茫烟水。　　重提起,旧里时光,漫惹人憔悴。频惊明镜染秋霜,任痴心、举帆千里。红尘有泪,几多事、天清风细。不堪追,且许刚峰壁立。

(2011 年 3 月 14 日)

生查子

　　可怜月似钩,苦候风和雨。春去又春回,花落知何处?　　凝眸影瘦时,对影痴痴语。难改旧情衷,怎续情如许?

(2011 年 3 月 30 日)

蝶恋花

　　才见霞光披四野,陌上春红,椒雨如珠洒。梦里情浓轻去也,由缰几度驰意马。　　笑罢花前徒逸雅,寂寞浮华,每伴

186

欢娱寡。身向山高和水下,与君把酒论痴话。

巫山一段云

几度阳春雪,残梅驿外寒。清风明月锁流年,行客苦桓盘。 梦里千情结,人前难尽欢。朱颜宝镜几重天,烛影自珊珊。

春云怨

年年草色,早解春心意,东风无力。柳弱更兼花密,燕语里桃红杏白。袅袅晴云,濛濛烟水,点点幽思暗成织。如此良辰,春醒难醒,梦断旧消息。 尘清雨细丁香结,问绵绵此恨,何关风月。和梦壶天锁鸾翼。杯里残愁,眼外浮华,不留痕迹。醉起重惊,透霄星斗,每著泪珠暗滴。

十二时慢

飞 花

莫凭阑,晚来风雨,春尽飞花如扫。寂寞里、苍山亦老,不

第二辑　长短句

187

是寻常味道。一点诗心,千般寥落,旧事成遥渺。无限恨、月缺花残,点点闲愁,词里锦弦青鸟。　　长短亭,归程难卜,梦去泪流多少?蜂迹蝶痕,匆匆易往,此意谁知晓?字字沾戚楚,红尘一段烦恼。　　自销魂,高枝竞艳,众里风光独好。拼却清名,个中难料。赚作凄凉调。问芳华过眼,赢来几番啼笑?

(2011 年 6 月 7 日)

马家春慢

才诵飞花,又吟弱柳,不尽天涯芳草。借问清风,一年合吹愁多少?依旧红肥绿瘦,几番物华颠倒。百尺楼头叹凌烟,老了斯人貌。　　鸣禽踏枝惊觉。忆长河落日,歧路迢渺。九曲情肠,二三离落,归苍黄调。春水悠悠自古,望不断、梦边回绕。更雁锁南山,日日行云如扫。

(2011 年 6 月 8 日)

绿盖舞风轻

把酒酽苍黄,水远天长,风生絮云密。虚历枯荣,哀浮光掠影,锦瑟难寄。暗惜春华,一生短、知音无几。不堪提,若许风流,襟染清泪。　　知未?万丈豪情,只合种兰梅,耐得憔悴。太液汤汤,雁南飞、梦里浩然清气。有月当窗,正伤心、寒蛩凝泣。问明朝、共赏著枝兰蕊。

(2011 年 6 月 9 日)

玉女迎春慢

重上层楼,凭阑意、极目宿禽烟树。暗送西山日暮,不觉流尘寒暑,浮云深处。百感织、短歌三五。韶光如水,常恨大江,无语东去。　　匆匆万事蹉跎,苍天不老,壮心鹏举。转把平生意气,借问风流几许?惹眉频蹙。叹不尽、慨慷长路。莫待明天,彩练漫空成舞。

(2011 年 6 月 21 日)

歌　头

时下黑心商家添精加素,改装增剂,范围囊括衣食住行各个层面,今天曝光明日又有,花样翻新,巧立名目,读之不禁惊惧,慨然讽之。

漫嘘唏、世风绵薄。行商处贾,辛勤而蓄德。秉诚信,通南北。居奇货、市列珠玑,千金赢得。美谈多、书成人杰。渔利以营生,门庭阔。和与忍,晋徽业。宏鼎立、异日隆隆起,利缘结。　　几何时,此情移,人冷漠。假亦作真,堂皇牟厚黑。物象老相疑,魔驱道,贪求换良知,用心恶。添加剂,次充好,不能提,纵有金睛莫觉。这边停,那里专营方学。根秧顽强,惧晴阳,潜地下,斩猖獗。

(2011 年 6 月 24 日)

189

大 椿

风浊风清，喧喧又生，吹乱林花无限。千古几多事，一去沧桑远。人事天时谈笑里，早换了、前度桃面。当年月满芳汀，不见天涯归雁。　　丝簧调里人黯然，拟把百愁，托付星汉。感遇时风下，逐欢知日浅。秋风春水相谐老，这痴狂、新词长短。隔个窗儿，花含嫣、又虫声乱。

（2011 年 7 月 9 日）

临江仙

遣 怀

闲对林红春又去，几回月探帘门。风频雨骤卷微尘。天涯人尚在，举酒少相亲。　　半世孜孜归一梦，痴心聊寄诗文。筵边啼笑几番真？浮槎和日竟，望断渡江云。

（2011 年 7 月 18 日）

临江仙

醉里常思风月好，清歌唱罢苍茫。春江寒夜似愁长。几回花影乱，几度燕归梁。　　多少浮名成饮叹，痴心尽付汪洋。

红尘遗恨鬓间霜。大江东去水，依旧慨而慷。

（2011 年 7 月 19 日）

蝶恋花

叹罢知音弦断处。晓绿浮红，几度春风去。送却闲愁人独步，阑干拍遍斜阳暮。　　一笑相逢歌一曲。长醉和谁？相携桃花雨。最是无眠听杜宇，阶前扰扰纷飞絮。

（2011 年 8 月 9 日）

临江仙·时事有感两阕^①

（一）

利欲熏心诸事已，粪池反作清汤。机关算尽赚银铛。坑人千百事，旦夕作恓惶。　　拉得大旗新面目，谁识真假牌坊？暗箱自古怕阳光。钵中非溢满，重物不知良。

（二）

常笑他身贫贱地，朱门惯享堂皇。香车宝马日悠长。升天鸡共犬，树大好乘凉。　　安得位尊迎者众，赚来八面风光。雌黄信口道官商，人人都为我，厚黑此心藏。

注：浏览网络，发现最近叫嚣的地沟油问题，深感震惊：地沟里的餐桌，有关专家所言，在餐馆吃十次饭，就可能有一次会吃到地沟油。果如是，地沟里倒映出来的是当代相当一部分中国人的道德肖像。这显然不是某一个行业的悲剧。你站在地沟里蒙混别人，别人在牛奶里搞三聚氰胺。你让别人恶心，别

191

人让你寒心。整个中国食物生态，已经被几乎所有食物制造者搞得几近崩溃。

（2011 年 9 月 24 日）

水调歌头

读近期新闻所感

累牍赞飞越，拍案问苍天。混珠黑白真假，何处得周全？今日行污衣食，明日衰颓行住，叵测是商奸。眦裂浊清界，宝镜得高悬。　　昧良知，贪利欲，攫金钱。苍生含恨，旷宇安有放心年？痛惜泱泱礼教，蒙耻巍巍传统，挺剑斩妖顽。耿耿语明政，秉法亮坤乾。

（2011 年 10 月 17 日）

菩萨蛮

秋去书愤两阕

（一）

西风满院林花瘦，凭阑望断归云久。暮霭锁秋山，凝思不觉寒。　　清鸣谐月桂，忘却功名累。何处惹闲愁？年华如水流。

（二）

秋来应惜新诗瘦，黄花又约西风后。颠倒是苍茫，景光人断肠。　　经年无限事，寥落烟尘里。举首月当庭，清辉千里明。

（2011 年 11 月 6 日）

临江仙

酒后偶寄

检点痴嗔多少事,且容一笑徜徉。经年改了旧衷肠。时风吹不断,拨雾见苍茫。　　身外绳缰抛累久,醉中烹狗邀觞。再弹清泪对天狼。慨慷歌未歇,正色叱炎凉。

(2011 年 12 月 10 日)

临江仙

冬　暮

前日飞蓬今日雪,也多离恨如初。经冬暗许几荒芜。闲情抛掷久,屈指待春苏。　　凛凛此风虫尽扫,窗寒景意还孤。苍梧声噤落啼乌。群楼灯渐密,对酒旧人无。

(2011 年 12 月 30 日)

浣溪沙

醉　语

些许雪光些许春,清寒凛凛岁无痕。风翻古木意深沉。

193

小宴时闻新况味，闲居日却旧精神。座中知友二三人。

（2012 年 1 月 27 日）

采桑子

闲思偶寄

千金易去心难老，不识凄凉。赚得凄凉，俯首南山拾菊香。　　凌云壮志风流客，问却仓皇。心也仓皇，逝水华年比恨长。

（2012 年 2 月 2 日）

小重山

明月清风伴老松。缤纷花梦已，改颜容。诗心引凤与雕龙，疏狂处，翰墨点芳踪。　　浩气满乾宫。荡胸无限事，笑谈中。且抛尘碌解珍珑。时光好，多少旧情衷。

（2012 年 2 月 4 日）

虞美人

伤　春

春山春水寻常见，花褪春心散。花痕花影两参差，更值远山如锯月如眉。　　迢迢雁信迢迢路，日日行云去。一年风雨

194

探芳菲,点乱桃笺和恨梦中飞。

采桑子

春　思

年年柳陌春来早,四野苍苍。烟水茫茫,盈袖清风待雁行。　　闲思每况翻新样,不似寻常。更胜寻常,再挑兰琴望月乡。

(2012 年 3 月 10 日)

鹧鸪天

讽睡觉图

袖里玄机大小巫,无忧安枕打呼噜。居高懒问油盐事,戏狎羞翻贤圣书。　　身显赫,意糊涂,其辞振振话沉浮。江山代有鱼珠混,何必盲从说滥竽?

(2012 年 3 月 11 日)

一剪梅

书　兴

古调新词两鬓秋,月挂林稍,碧水横舟。当年锦瑟旧阑干,

195

离恨依依,莫上层楼。　　更惜飞花香暗流,昨日春痕,今日成愁。诗心吟雅意踌躇,华厦千间,尽在胸头。

(2012 年 3 月 18 日)

破阵子

　　适兴风云迭起,悠游意马难平。醉梦余浮华可弃,长笑中斯文莫名。辛酸起一经。　　纵目青山未老,开轩野雀徐鸣。蜃景空空成百念,闲务浑浑过半生。休提叹息声。

(2012 年 4 月 25 日)

春草碧

本　意

　　又沾衣柳绵,扰扰无绝期,难舍春去。酥红坠,愁损赏花客,更兼风雨。谁怜草色,恣绿意、萋萋万古。芳兴雅意,书成恨,寂里甚心绪。　　辜负。燕梁和蝶飞,幸暗香剪剪,陌上幽谷。纤纤意,着力这山水,百花轻妒。枯荣有时,再提起,霜烟白露。缀锦远来,无穷碧,动情处。

(2012 年 5 月 2 日)

鹧鸪天

季　春

　　香陌深深春又终,杨花落处瘦桃容。三分闲绪莺花乱,十里烟村风雨浓。　　人寞寞,草葱葱。悠游不与旧时同。此情且寄山和水,数点飞鸿暮色中。

（2012 年 5 月 6 日）

行香子

雨后有寄

　　雨亦柔情,润我兰亭。知多少、花落无声。七弦懒弄,风拂泠泠。恁时儿缓,时儿急,时儿停。　　闲愁最苦,林莺莫怨。等闲度、重把杯倾。功名一晌,碧海天青。奈景光好,韶光短,泪光清。

（2012 年 5 月 7 日）

忆王孙

感遇三阕

（一）

　　落花何处觅春深? 昨日江天今日云。杨柳依依月下人。

最销魂，断絮当空酒在樽。

（二）

隔窗风雨梦边闻，更把闲愁添七分。逝水飞花不是春。送芳尘，三尺青衿拭泪痕。

（三）

闲添风雅道茶新，忍把空谈作趣闻。众客追源我溯根。笑红尘，摇首听音知几人？

（2012 年 5 月 12 日）

醉太平

游　远

江清月明，风翻漏声。不知何处啼莺，恁离人独听。遥迢去程，哀弦断萍。梦间水复山横，赚沧桑涕零。

（2012 年 5 月 20 日）

生查子

长亭十里风，初月三秋柳。何处忆重逢？需进千杯酒。恍如春梦中，梦去人空瘦。碧落又黄泉，不改情衷旧。

（2012 年 5 月 21 日）

浣溪沙

落　霞

霞落柳风鸟影孤，层楼灯暖晚凉徐，适闲袒腹忆当初。
凝笔才书尘鬓老，清谈更喜野茶粗。平常心事在虚无。

（2012 年 8 月 6 日）

小重山

秋　事

秋事苍黄风雨频，窗前芳信瘦，损精神。闲心鸿引渡边云，
人独立，醉眼看红尘。　　颠倒是痴嗔。明知惆怅苦，不由身。
可怜明月缺三分，重提起，忆里最销魂。

（2012 年 8 月 8 日）

卜算子

何事合成愁？每在衷情后。红泪冰壶对落花，几度西风
瘦。　　归去白鸥盟，明月天涯又。日日流云断梦中，枯坐销
残漏。

（2012 年 8 月 10 日）

采桑子

所 见

人间多少真情意，归了寻常。还道寻常，又见西风送暗霜。　　眼边冷暖需重忆，梦里风光。错解风光，一点沧桑泪两行。

采桑子

所 感

时来风雨濡尘耳，风也心头。雨亦眉头，三寸忧伤七寸愁。　　清寒再扫浮华相，身外荒丘。天外芳丘，寂寞黄花月下楼。

（2012 年 9 月 8 日）

临江仙

壬辰秋夜闲咏

问却愁情需尽酒，当窗老木秋风。从前谈笑最从容。可怜多少梦，经岁转头空。　　点检辛酸都是错，长天每负征鸿。恨无彩翼海之东。清音依旧在，花胜旧时红。

（2012 年 9 月 20 日）

破阵子

秋 绪

镇日西风漫卷,当窗闲雨连绵。七巧终归寥落后,五味浑生啼笑间。举头天外天。　月缺惊回别绪,花残忆起流年。一点沧桑难道破,满地霜尘不识艰。心牵云半边。

(2012 年 9 月 25 日)

鹧鸪天

秋 绪

更惜窗葵戴日晖,边风拂乱彩云西。晚芳有意翻春恨,晓露无心浸燕泥。　伤柳陌,叹秋池,目中流景散如丝。当空一点孤鸿影,长使诗情载酒归。

(2012 年 9 月 27 日)

虞美人

当年月又秋窗畔,凝笔清凉满。黄花槛下赋余闲,断续相思勾起旧时间。　风愁蝶恨消磨我,万事终看破。合谁身老广寒宫,流水载花来去任西东。

(2012 年 10 月 1 日)

鹧鸪天

书 义

变态风云人不惊,茫茫天地一狂生。但求书义真知界,不向龙门显赫名。　　何野趣,也宏声?闲观江鲫上游争。桃花尽解春心愿,春逝桃殇太薄情。

（2012 年 10 月 20 日）

鹧鸪天

机 心

堪破机心不得闲,透帘风雨似从前。可怜梦碎难重见,正是秋深又一年。　　凝忆里,落花间。新词声咽恨绵绵。依然笑对容颜旧,更有樽边若许言。

（2012 年 10 月 21 日）

浣溪沙

觅 句

试得新寒雪后头,添衣清骨更添忧,平常事里起闲愁。

书意未成人落落,行云望断恨悠悠。痴心却在最高楼。

(2012 年 11 月 22 日)

浣溪沙两阕

(一)读词

词里梅花分外红,景光可与古时同？画楼静卧雪霜中。
忽喜忽悲闲日月,若无若有旧情衷。几多往事付空盅。

(二)去日

营累机心逐孟汤,偏教好事不成双,朔风过处是冰凉。
纵有新歌翻旧绪,但看喜鹊踏哀杨。等闲时日不辞忙。

(2012 年 12 月 19 日)

鹧鸪天·雪霁(四首)

雪霁江天一色清,蛰居入耳是风声。寒流漫有侵人意,岁
末高悬庆吉灯。 多少事,总关情。卓然此愿对春明。遥遥
前路云和月,无限江山待后生。

又元旦酬友

日也瞳瞳风也清,欣迎乾世举鸿声。来年锐意偿雄梦,今
岁祥云签瑞灯。 将厚愿,付衷情。鲲鹏云翼大光明。冰心
素魄人长久,笑里征程紫气生。

203

又闲吟兼谢雨中雁先生雅和

行健天风谓浊清,镜台无物也华声。强牵雅致梅为韵,堪破词心月作灯。　思旧事,怨多情。窥窗柳暗又花明。千回但笑相思老,乐对浮云过一生。

又

昨日烟云归冷清,年年草木对秋声。诗书寿世云遮月,悲悯栖心纱罩灯。　崇雅义,尚高情。但求理训到通明。大江千古雄浑调,砥砺沧桑百感生。

附雨中雁原韵:

闹市行吟意自清,何曾洗耳厌莺声。闲无闲日吾寻乐,幽不幽间书伴灯。　新气象,老风情,腊梅蓄势唤春明。三更记梦桃花汛,别韵流香笔下生。

又

风扫尘埃一镜清,看闻旭日大晖声。驰毫但写青春影,击壤偏耽艳丽灯。　休怅慨,且抒情。三千水阔远帆明。航人老矣难挥橹,却总汪洋梦后生。

王建国先生雅和：

大雪叠来浊气清,且逢两节送歌声。岁余得意圆甜梦,来日扬鞭照华灯。　　诚祝愿,不娇情。冬云扫尽是光明。朔风刺骨虽经久,转眼春回百媚生。

(2013 年 1 月 3 日)

◎第二辑　长短句

第三辑

散曲

【仙吕·一半儿】 琴音

清音出俗渺云槎,流水高山见断霞。人去阳关留瘦鸦。问天涯,一半儿痴情一半儿傻。

(2009 年 2 月 27 日)

【仙吕·一半儿】 棋语

凝神似有大风扬,举手无言韬晦藏,身外松涛清静乡。入沧桑,一半儿迷茫一半儿想。

【仙吕·一半儿】 书趣

寒窗几度缀霜华,刺骨悬梁折桂葩,翰墨风流真不假。笔生花,一半儿疏狂一半儿雅。

【仙吕·一半儿】 画意

点睛神笔妙生花,点破梅魂染碧霞,堪淡风云尘外家。借丹砂,一半儿涂描一半儿洒。

(2009 年 3 月 2 日)

◎ 第三辑 散曲

209

【中吕·山坡羊】 叹宋江

梁山泊里,吞天豪气,天罡地煞风云会。抗京师,破城池,缘何俯首参皇室? 欺世盗名忠义毁。兴,皆拜你,衰,也仗你。

(2009 年 3 月 4 日)

【越调·小桃红】 春来

春来莫怨东风寒,三月黄芽半,柳梦花心锁归燕。碧云天,牛勤人早生机泛。一时酥雨,陌阡绿遍,山远见村烟。

(2009 年 3 月 6 日)

【仙吕·一半儿】 题效颦图

妍媸解错惹微词,一笑回眸知又谁? 心锁深闺频蹙眉。若无媒,一半儿伤心一半儿悔。

(2009 年 5 月 24 日)

【正官·叨叨令】 说斯文

可怜见凄清清寒酸尽扫斯文面,叵耐那磊落落诗情不抵三餐饭。悬梁刺股要把那功名建,穷经首皓尘心倦。恁的一醉莫醒也么哥。恁的一醉莫醒也么哥。端的是天公不与人

210

方便。

（2009 年 6 月 13 日）

【越调·小桃红】 春日闲寄

晴云丽日又春风,花梦心弦动,柳眼桃腮问人送。诉衷情,并巢旧燕穿梁栋。闲愁莫遣,佳期谁共,提笔忆重逢。

（2010 年 2 月 20 日）

【南吕·四块玉】 画梅

折瘦梅,提朱笔。小字红笺绘珠玑,一枝一朵皆春意。鱼雁遥,音信迟,人未归。

【南吕·四块玉】 品竹

一抹风,千竿竹。万卷诗书塞寒庐,隔窗花月轻辜负。忧伴思,有似无,闲乐乎。

（2010 年 10 月 8 日）

【南吕·四块玉】 赏菊

菊有心,秋无意。霜暗风寒两相欺,身遭黄叶当空泣。芳一庭,银万丝,人若痴。

211

【南吕·四块玉】 相思

弱柳腰,兰花手,巧笑犹怜剪秋眸,浓情怎抵相思久。醒后猜,梦畔求,何日休?

【南吕·四块玉】 桃花歌

磊落行,悠闲坐。偶寄诗心对天歌,痴癫一醉桃林卧。忧虑消,清净多,真快活。

(2010 年 10 月 9 日)

【中吕·卖花声】 李煜

南唐不懂刀兵事,日夜笙歌春去迟,千番风月入新词。浮华醉梦,山河成忆,一江愁惹人凝泣。

【中吕·卖花声】 柳永

冲天鹤布衣卿相,诗酒酹红袖翠裳,这风流悴损衷肠。青春一晌,为谁惆怅,趁华年浅斟轻唱。

(2010 年 10 月 12 日)

【正宫·塞鸿秋】 广西景象之宁明花山

谁挥椽笔花山壁,断岩描画千年事。宁明景致皆岑寂,先民遗迹多神秘。丹朱色更妍,铜鼓声犹密,悬疑旷古思无计。

【正宫·塞鸿秋】 广西景象之德天瀑布

万斛珠玉垂天挂,一波银练横山跨。飞流急湍云雷下,风光无限谁堪画?海倾林壑摇,龙啸峰峦怕。德天瀑布声名大!

(2010 年 10 月 17 日)

【南吕·干荷叶】 广西景象之友谊关

关磅礴,岭磅礴,望断千年月。志天歌,保山河,通衢长路在谐和。友谊连中越。

【南吕·干荷叶】 广西景象之靖西古镇旧州

南州清,靖西清。蔚起桃源境,最闻名。亦传情,这绣球七彩将好姻缘成,古镇谐佳梦。

◎ 第三辑 散曲

213

【越调·小桃红】 广西景象之百色起义纪念馆

迎龙山上赤霞飞,百色风雷密。革命豪情撼天地,起雄师,右江漫卷英杰气。汗青名垂,丰功伟绩,与日月辉齐。

【越调·小桃红】 广西景象之
百色乐业大石围天坑

险奇雄峻大石围,尽颂天坑美。地下林涛倍幽邃,景迷离,仙株异兽惊山魅。暗风裹雷,雾云难霁,临景欲魂飞。

(2010 年 10 月 18 日)

【双调·庆宣和】 长寿之乡巴马

巴马宜人福寿高,四季春潮。细数同堂百年超,不老,不老。

【双调·庆宣和】 河池小三峡

碧水清山真景观,夹岸层峦。惊湍激流下千滩,探险,探险。

(2010 年 10 月 19 日)

【双调·沉醉东风】 怀乔吉①

歌侧知音有几？花前吟曲为谁？山水情，诗书气。笙鹤翁一路崔嵬，曲就秋霜染鬓眉，异乡间强辞块垒。

注：①乔吉(1280？—1345)元代杂剧家、散曲作家。一称乔吉甫，字梦符，号笙鹤翁，又号惺惺道人。太原人，流寓杭州。钟嗣成在《录鬼簿》中说他"美姿容，善词章，以威严自饬，人敬畏之"，又作吊词云："平生湖海少知音，几曲宫商大用心。百年光景还争甚？空赢得，雪鬓侵，跨仙禽，路绕云深。"从中大略可见他的为人。

(2010 年 10 月 23 日)

【双调·沉醉东风】 颂关汉卿

情切切梨园领袖，意轩轩杂剧班头。明月心，铜豌豆。惜丹心莫尽民忧。负了词余百万愁，六月雪人间未有。

(2010 年 10 月 24 日)

【双调·拨不断】 惜古

数英雄，泪龙钟，残阳草树秋风送。盖世功名过眼空，悲歌末路千年痛，笑谈吟颂。

◎第三辑 散曲

【双调·拨不断】 问情

问痴心,不留痕,落花流水春何吝?一笑缘生谐瑟琴,曲终和泪抛芳信,相思成烬。

(2010 年 10 月 26 日)

【双调·拨不断】 鱼

比鲸鳌,驭波涛,逍遥游戏滩和岛。非是无情此境高,池中藏不下风光小,怎逃沽钓?

(2010 年 10 月 27 日)

【双调·胡十八】 蟹

横行惯,蟹八爪。霸湖滨,舞钳螯。皂袍铁甲势招摇。乐道:此僚,镬里蒸,味独好。

(2010 年 10 月 29 日)

【双调·胡十八】 秋鸭

著烟霞,戏莲水,和秋老,向南飞。芦黄沙冷背人飞。物是,景非,旧西风,低回意。

【双调·步步娇】 秋意

莫叹霜花临秋镜,落叶埋荒径。天有情,暗换风光在无形。籁无声,万事归清静。

【双调·步步娇】 叹世

整日价算计金银千千万,却不与人方便。行世难,行善生生遇上黑心肝。问苍天,多少悲和叹。

(2010 年 10 月 30 日)

【中吕·醉高歌】 "飙车事件"偶感二首

(一)

飙车闹市通途,斗富爷娘做主。能挥百万金如土,休管闲言碎语。

(二)

飙车驾雾腾云,纨绔涂脂抹粉。天生豪富夸才俊,谁辨愚贤智蠢?

(2010 年 11 月 2 日)

【越调·天净沙】 清洁工人

身披万道云霞,心怀百姓人家。街市辛勤扫画,春秋冬夏。要留洁净无瑕。

（2010 年 11 月 19 日）

【仙吕·一半儿】 思

霜风梅雪觅清幽,寂寞无边怕上楼,人去梦残随恨休。最无由,一半儿新愁一半儿酒。

（2010 年 11 月 26 日）

【中吕·山坡羊】 贺《中国当代散曲》创刊

撷珠采玉,重罗华句,泱泱瀚海恢弘路。惠风徐,大旗舒,山河竞秀芳华固。提笔雅俗皆入谱。繁,也散曲,荣,也散曲。

（2011 年 6 月 11 日）

【中吕·喜春来】 春曲

云酥雨润春光好,红杏花飞看碧桃,清歌蝶彩伴莺娇。人未老,光景数今朝。

【中吕·喜春来】 归燕

殷勤双燕归来早,并影衔泥补旧巢,浓浓情语挂林稍。春正好,望断水遥遥。

【中吕·醉高歌带过喜春来】 咏梅

寒郊疏影斜横,遥梦春期暗省。芳心映雪生豪兴,寂寞梅香晚景。[带过]谁摹清雅离荒岭,独占诗书吟咏声,千年冷月照零丁。魂梦萦,春信破坚冰。

(2012 年 2 月 18 日)

【仙吕·一半儿】 儿童节戏谑两首

(一)

阳光雨露育春芽,真爱情倾无数花,乐享天伦千万家。见人夸,一半儿牙牙一半儿哑。

(二)

儿童节里庆童年,又见商家花样翻,造假欺心都为钱。问心田,一半儿无知一半儿贪。

(2012 年 6 月 3 日)

◎第三辑 散曲

【中吕·卖花声】 夏收景象

平畴万顷翻金浪,丰岁千家笑语扬。骄阳半晌雨云藏。惊雷又响,晴虹重放。夏收忙喜飞眉上。

（2012 年 6 月 19 日）

【双调·得胜令】 龙虾

剑爪势张狂,皂甲意飞扬。虚步波涛下,躬身鲨口旁。风光,斗胜长螯向。仓皇,魂归一镬汤。

【双调·得胜令】 花生

花叶对骄阳,果隐下泉黄。静处萌幽味,暗中生远芳。名扬,莫笑浑浑样,增香,轻抛赞誉长。

（2012 年 6 月 23 日）

【仙吕·一半儿】 谒山佑老儿

斯文一脉乐相逢,忆梦千回还不同,德艺双馨为貌恭。见高翁,一半儿惶惶一半儿恐。

注:山佑老儿,本名高履成,山西诗词学会副会长,太原诗词学会副会长,唐踪诗社社长。

【仙吕·一半儿】 赠晋北儒生

才情天赋此儒生,意气膺扬金玉声,词笔意驰星月明。锦章成,一半儿幽香一半儿清。

（2012 年 12 月 25 日）

【中吕·山坡羊】 闲咏

春红还瘦,莺歌如旧,闲时光雨重风又。眼中忧,笔端休,也描成水青山秀。浑怕别人说破丑,愁,酒半斗,羞,才未有。

（2013 年 5 月 2 日）

【双调·沉醉东风】 闲日

事事心心那么,风风雨雨如何。闲话题,高朋座,一壶茶忘记吟哦。淡阔时光也乐呵,莫管甚良天负我。

（2013 年 5 月 7 日）

◎ 第三辑 散曲

221

【双调·庆宣和】 窗外群童攀树摘桃戏作

春去浓荫遮树高，风软莺娇。笑骂童攀绿间桃，太小太小。

（2013 年 5 月 8 日）

【双调·庆宣和】 某僚

挂个钟馗能捉鬼，立眼横眉。桌上文书桌边屉，这里这里。

（2013 年 5 月 10 日）

【仙吕·醉中天】 戏题魔女醉酒

懒弄娇柔态，不耍鬼聊斋。整半瓶高粱酒白，浑胜那桃花儿戴。戏笔文惊凤台，诗仙称快，妈呀呀姐可是红颜俏裙钗。

（2013 年 5 月 12 日）

【仙吕·醉中天】 惊梦

前世斯文债，梦上凤凰台。千里长风道快哉，望远山如黛。笔下生花绘彩，这风流谁买？醒时独自悲哀。

（2013 年 5 月 13 日）

【仙吕·寄生草】 喻世

迂尘海,演戏台。扮个富商要把良心坏,骂声高官偏向神仙拜,笑他饥民总落身家败。时来也眼笑眉开,位移也火煎霜盖。

（2013年5月19日）

【中吕·山坡羊】 赠山佑老儿

老能披胄,歌能结绣,恢恢晋韵尊山右。眼边忧,曲中囚,奋蹄伏枥豪情骤。但慰净言无逆友,名,咱不求;贤,咱要求。

（2013年6月9日）

【正宫·叨叨令】 花前语

秋风也到荼蘼架,月光常照泥涂凹。　牡丹大户浓浓画,菊花小院枝枝姹。大梦未省也么哥,大梦未省也么哥,到头几句平常话。

（2013年6月13日）

【中吕·山坡羊】咏家乡

清风如漫,新城如幻,植桐引凤桑干岸。雁门关,紫金山,

◎ 第三辑 散曲

223

悲歌荡气都成叹。塞上明珠刮目看,云,关外闲;花,山内繁。

(2013 年 6 月 14 日)

【中吕·山坡羊】 西口遥思

狂风吹掠,荒年摧挫,遥遥西口山千座。忘愁多,度灾薄,长歌一路炎凉过。多少艰辛成硕果,昨,沙暴窝;今,锦绣窝。

【中吕·山坡羊】 当窗急雨所思

穹庐如卸,蛮风如拽,忽阴忽雨当秋咽。霸陵绝,草堂斜,匆匆曾见英才灭。几个能教昆柱折?兴,春去也;成,人去也。

【中吕·山坡羊】 闲日

春来桃面,冬来银片,浑浑一梦风光变。月难圆,日常偏,青山不老江难倦。大好华年谈笑间,阴,也是天;晴,也是天。

【中吕·山坡羊】 戏题高考

多磨琢玉,十年成树,今看金鲤龙门度。桂香殊,学途孤,繁华总在题金处。休道功名如粪土,功,也在书;名,也在书。

(2013 年 6 月 18 日)

【中吕·山坡羊】 听戏

堂皇宫架,渔樵痴话,世情多少难摹画。早披花,晚穿枷,一通锣鼓悲欢罢。都笑登台如戏要,曾,贤作傻;今,真作假。

(2013 年 7 月 15 日)

【中吕·山坡羊】 石不语

浑浑崖岸,沉沉沟涧,风霜雨雪遭逢惯。在尘凡,总相干,一朝摆上荣华案。青眼殷勤稀世罕。石,愚若顽;人,愚若玩。

(2013 年 7 月 16 日)

【南吕·四块玉】 蝶梦

碧海遥,青山矮,几度春风近楼台。化蝶梦醒身何在?不古的是心,惹祸的是财,人莫猜。

(2013 年 7 月 19 日)

【南吕·四块玉】 讽世

覆雨心,翻云手,总恨蟾光照渠沟。流芳不得应遗臭。利上留,名内囚,争效尤。

(2013 年 7 月 20 日)

【双调·拨不断】 与旧日同窗夜饮

柳摇风,月当空。豪情常在酒边涌,尘事应随人不同,流年
叵耐心微动。春秋一梦。

【双调·落梅风】 无题

凌烟阁,舞榭台,数风流草埋蒿盖。庙堂木雕泥塑摆,叫苍
生上香勤拜。

(2013 年 7 月 24 日)

第四辑

现代诗

刻舟求剑

精卫鸟在远天游弋
旷古的风荡起我宽宽的衣袖
我的独木舟在江心寻觅
只为了一句承诺
我逆流而上
红胜火的江花投来了脉脉的一睥
我的青铜剑呢——

我弹长铗迎风而歌
歌声穿透了那个迷茫的年代
铁马金戈灼痛我青春的眸光
我矫健的身姿注定要锈蚀在春秋的烽烟中
随风飘逝
江水湮没了我的少年梦
一个纤柔的名字使我的心猛然疼了一下
故国的小树林依然浓绿在脑际

我懒懒地伸出曾经握剑的手
在舟侧刻上一个名字
然后闭目遐思
任激荡的风吹乱我帅气的头发

江岸的方向是温暖的方向

我久久抚摩着那个名字

一转身

就留下一代代猜测的故事在身后延续

（2008 年 3 月 16 日）

也写李煜

才华横溢的李后主

难觅知音

客居他乡的落魄

触动诗意连绵

不堪回首

明月轻笼的小楼

离歌牵痛了乡愁

剪不断理还乱

泪痕斑斑的一袭青衫

在教坊空旷的墙上痴痴等待

迎风微摆

郁郁的一江春水

是穿透阑珊春色的洞箫

日日当空呜咽

还能踏上龙楼凤阁吗

还能尽览玉树琼枝吗

挽着宝马的征辔

轻拥娇媚的虞美人

轻捷的骑术

在轩昂的眉宇间自信从容

漫步上苑

颀长英挺的身姿

着一身金光耀眼的流行时装

明媚阳光下

化做一缕得意的春风

此刻

独自凭栏

沐着五更的寒风

向着欲滴的繁星倾诉

脚下远逝的落花流水

就如日渐憔悴了的

倜傥朱颜

守株待兔

蛰伏在季节的草窠

风捧着我的脸

白云悠悠飘过

海深不可测

深不可测灼烧我燃烧着的血液

一只兔子在不远处起起落落

牵动我的海潮涨潮落

有只兔子会击碎我平静的梦

此刻,我学会了期待

布谷鸟惊醒疯长的草

睁大愤怒的眼睛

草开始思考

我静静欣赏着欲望的丰腴

或者一株木桩的风景

带着古老的虔诚

日光水一样温润

灌溉着我焦灼的怀念

兔子是旷野的图腾

在每一茎草尖自由舞蹈

不分白昼和黑夜

水一样温润的日光哗啦流淌

在我的血液中

我淡淡看云

放牧的布谷鸟抛弃了我

唱歌的小草停止了歌声

兔子扯断我的目光

我的海在痛楚中一点点干涸

我像小草一样在泥土中腐烂

泥土溶进我的梦

年年期待

期待有只兔子在梦中自由舞蹈律动

（2002 年 3 月 18 日）

心香几瓣

（一）

柳丝长长情思长长
白云悠悠爱恋悠悠

花团锦簇的春日
想念花团锦簇的故事
在记忆的峰谷间驰骋
我是一尾失散在沙滩上的鱼
焦灼难耐
寻觅水的温润

问月无声
问树无语
问云

◎第四辑 现代诗

233

云朵悄然逃避

我只有看着影子问自己

等待是一种美丽的开始

（二）

起风了

是我轻轻的叮咛

掠起你耳边长长的秀发　轻轻

让你聆听

有一个名字在伤口隐隐

作痛

柔曼的春

听雪融化的声音

弹响春日的风景

我愿做那粒惹出你泪花的

沙尘

起风的日子

不经意间钻入你眼底

寂寞时刻

浅浅斟满思念独饮

然后

在你清纯之水中长醉不醒

234

（三）

你的长发飘呀飘

撩乱了春愁

撩乱了我的心弦

使我敏感的琴音

再也奏不出和谐

我望断时光之水

期盼天际有只白鸽

轻灵的呼唤

姗姗来临

哪怕只为我短短停留一瞬

心中也会驻满春风

（四）

你是一杯酒

丝丝缕缕的柔美

缠绕着我

我是你用温情一生编织的茧中

那只娇纵的蛹吗

等待在你恬静的眸光里羽化

只要灿烂一瞬

也会痴狂永恒

不不

还是作你忠实的行吟诗人吧

为你的美丽吟唱

为你的盈盈温馨守护

为你的一颦一嗔泪满双眶

为你的楚楚可人而诗情激荡

在你酿造的酒里

我深深地醉

双飞燕在呢喃絮语

酒醉易醒思念难醒

真想唤着你的名字入梦　真想

可凄冷的月光让我无眠

只好闭上眼睛

一遍遍在脑海中画你

放飞一千个火热的吻

为你的梦乡驱赶寒意

把我的牵挂作一只温暖的锦囊

夜夜伴你

让孤寂远离

（五）

我赶着一头牛

思念的牛

用心细细雕刻的牛

庞大的泥牛

236

一头扎进你
相思之海
然后痴痴等待
了无音信

风中
我化作一块坚定的岩石
久久伫立
久久　直到
海也枯
石也烂

（2008 年 3 月 29 日）

城市风景

多雨季节
渴望水声的城市变得丰盈
走在街市
脚下的泥泞在沉吟

巨幅广告争奇斗妍
是城市四时不败的花
招徕着人群的意志
玻璃橱窗展览琳琅的脸

街道日渐削瘦

高雅的轿车载着高雅的人

碾过拥挤的喧嚣

疾驰而逝

几只黑瘦的麻雀在高高的路灯上张望

不远处建筑工地机器轰鸣

尘封的树经雨水洗出绿意

泊满密匝匝的目光

林立的建筑物垂首沉思

街角水泥缝隙里

有朵小黄花悄悄探出头来

迷惑地寻找阳光

没有引起丝毫注意

脚步匆匆或东

或西

多雨季节

濡湿城市的心情

城市开始幻想

或许能演绎一段湿漉漉的故事

（2008 年 4 月 12 日）

神头山水(组诗三首)

在山西朔州市朔城区神头镇,坐落着一座座荒秃的小山,山脚下有清澈的泉水汩汩涌出,四时流淌,形成烟波浩渺、绿草扶疏的"神头海",一代英豪尉迟恭的家乡就在这里,许多美丽的传说和景致在人们心中扎根。近年来,随着人工开山采石和烧石灰,小山满目疮痍,神头海日渐消瘦……

小山的传说

走上山顶
就发现空气没那么燥热了
眸中凄凉的泪水
干涸在几只踩痛流言的脚印上

小山日渐荒芜
几簇没有绿意的植株在蹒跚
山脚似睡似醒的捶衣声
翻卷起昨夜一些微暖的梦
黄风就粗暴地袭来
掀翻遐思

月光在头顶冷冷斜睨
籁声以沉默的方式
拒绝凄恻的痛楚
传奇总在悲怆后分娩

涓涓泉水漂来鲜嫩的桃子

就在心底细细滑过一丝回忆后

寸断的衷肠走近传说阴沉的背影

焦雷沉闷

撕裂世俗厚厚的帷幔

几汪殷殷血泪灼穿岩石

把那个年代浓缩

折磨一茬茬揣测的目光

一直数千年

神头海印象

目光不经意间触及

立刻惊起一串湿淋淋的音符

濡湿我焦躁的神经

大片碧焰灼烧

清脆的蛙鸣在空中静止

水凫逐浪穿梭

一头扎入岁月屡瘦的缝隙

苇剑穿透苍穹

从寂寥的远古冷冷现出身来

各种水族恣狂游弋

于无静无动中演示古老的禅机

几千年风花雪月招摇着陨落

水面折射出碎碎圆圆的记忆

渴望打捞日月的渔歌

孤独守候

悠悠漂浮的木船

把生活的从容挥洒得轻快淋漓

我赤裸的双足探入冰冷的往事

长成绿苔斑驳的老石

痴顽不化

玄思无语

而日渐狭窄的水声缄默着某种隐痛

一如我眼角欲坠的清泪

尉迟庙旧址

走出杂草掩埋的曲径

几段岁月尘封的碑石

依然沉湎于一个朝代兴盛的香火

沧桑未曾洗尽的清誉

勉强留住一些凹凹凸凸的印痕

祈求激呼的枯树

森然撑开一方空间的威严

孤傲　沉默

依然佐证着已逝的衰衰荣荣

渴盼水声的石龟

刚刚涉过往事的重荷

就重重掀翻在现实的门槛

没有繁花来告慰昨日的雄威

更无鸢鸟来渲染曾经的惨烈

土丘荒芜

挣扎着留下一道颓废的风景

再无法吸引新奇的脚印

那位手持钢鞭虬髯怒目的英雄

象征性张贴在门上

必要时

还需要靠传说去滋润

（2006 年 9 月 16 日）

烛　焰

多么可爱的一朵玫瑰

于季节之外的风景中

娉婷曳动

暗香涌动的眸光

悄悄点燃黄昏的声声叹息

在夜色中漂泊

眉月只是你孤独的背影

痴痴呼唤

采撷瓣瓣梅花的馨魂

天山的一脉冰洁

银河的一星灵韵

天涯海角的一抹绿风

田野向日葵金黄的血痕

季季　默默期待

只因你恬雅的故事

无人读懂

随风而逝的诺言

已经伤透了纯真的心

静静的夜

疑惑地飘进我的窗户

身姿纤纤弱弱

栖于我孤寂的小屋一角

蹙眉看着我

同饮清泪

（2006 年 11 月 10 日）

叶公好龙

总以为自己会找到一个金碧辉煌的图腾

243

在烽火连天的悲痛后

临风长啸

朝代在觳觫孤傲的青铜撞击下

一茬茬消隐

埃尘冲洗着历史背后的血迹

那个象征符号打磨得越来越鲜活神圣

我衣袂飘飘满面烟尘

在现实的废墟中奔波寻找

钟情于收集神龙支离破碎的残痕

一颗颗高贵的头颅在断瓦残垣的罅隙中

狠狠盯着我

弥留的片爪残鳞企图佐证已逝的威仪

我久久揣测　久久

丝缕的瓦砾织物挤满小屋

于我目光的注视下不安地静穆战栗

真相撕裂颗颗善良的心灵

那个呼风唤雨见首不见尾的动物

竟是有人精心编撰的弥天谎言

鸡一样雄倨

马一样驯服

鹿一样柔顺

鱼一样冷漠

用黄金层层包裹

244

秘密逡巡隐藏在天空
一日日在失败者的头颅上高高飞扬
仅靠片言只语臣服了几千年质朴的人群

我仰天长笑
声震霄汉
然而人们像相信麦苗是从田里种出来一样
拒绝我的笑容
排斥我真诚的告诫
无奈又无言　一个电闪雷鸣的夜
我蓬首跣足　绝迹天涯
任凭一个荒诞的流言在世界疯长

（2008 年 5 月 8 日）

给云水流烟的十二行

我静静散步
看见白云如水
或者云朵本来就是流水
在天空悠悠流淌
带着四季的风花雪月
悄悄漫过心田
漂泊的季风总是匆匆
匆匆　带走如水的云烟

245

只留浅浅的痛

于心头徘徊　挥之不去

让我在孤独的时刻

一个人细细回味

（2008 年 7 月 5 日）

自相矛盾

小城拒绝我疲惫的脚步

喧嚣的街市漂泊着孤独

太阳炊饼般喷香

我的微笑总被冷漠的人流淹没

陌生的驿旅总是思念熟悉的味道

拍拍身上的风尘

一种辛酸刺痛着我的落拓

高高举起曾换来无数礼赞的矛

上面依旧沾满沙场的悲怆

我泪流满面

一个时代随着矛刃的寒光默默告别

易水河畔

谁在饮风长歌　悲壮而昂扬

我的盾璞玉般隐忍着浅痛

血雨腥风几载历炼

飒爽英气伴我千里征程

而此刻　孤傲已被尘土深深蒙蚀

我该怎样炫耀曾经的辉煌

市声琳琅绚丽

在小城上空拥挤碰撞

寻幽猎奇的目光指指戳戳

远离烽烟的小城排斥着我

矛和盾只能成为茶余饭后的消遣

引起一些似睡非睡的话题

我开始怀疑自己的争辩

并且　试图

用一个标志性的赌注逃出窘境

一直到今天

（2008 年 7 月 13 日）

梅语或者思念的断章

当最后一瓣梅花翩然飘离枝头

带走冬雪全部的冰洁

静静躺在我的掌心

凝结成一颗盈润馨雅的珠泪

于凄婉回眸间

千般温情在我心头隐隐作痛

阵阵　阵阵

而此刻
我在思念一个梅花一样的人儿
料峭春寒鼓荡着我的衣袖
北回的雁队衔来第一抹春绿
点燃大地深深的思念
然而　驮不动一声轻轻的问候
穿行在梅枝纵横的风景中
我迷失了方向
痴痴找寻
有白鸽会从穹宇轻盈地降临吗
或者　只是白鸽一样灵动的笑声

日月呼啸着陨落
我的相思矗立成一块界石
梅馨暗暗的故事
梅梦幽幽的惦盼
梅开灼灼的情愫
梅靥浅浅的欣慰
梅落细细的痛楚
梅风吹散柔柔的长发
就在我的耳边厮磨
我鼻端嗅着的依稀还是昨日的幽香

可是　我手牵着的只是自己的一声叹息

没有结局的故事悄悄延伸
在我的魂灵深处生根
寂寞的时刻
有风偷偷撩拨着我的伤痛
印一个殷红的梅花扣
在我胸口
陪着我的心跳　一世一生

（2008 年 8 月 25 日）

剪月亮

让我剪一轮圆圆的月亮
挂在八月十五静谧的天上
夜色如水
如水的银辉柔柔流淌
就像恋人温柔的目光
甜甜地舐着中秋

再添上淡淡一抹玉桂斜横
幽香徐送
喷香的夜晚
各色瓜果整齐排列

249

佐证一个久远的祝愿
亲人团聚在圆圆的月亮下面
一年的辛酸疲惫烟消云散

雅致的广寒埋着美好的梦想
此刻　明丽地现出身来
彩云托着古老的思念
在每个人的心上生根
金秋的风爽朗而来
月光细细洒遍山川湖海沟壑原野
点亮融融的血脉
家的味道总是使人热泪盈眶

(2008 年 9 月 14 日)

圣诞之夜

没有瑞雪装饰的圣诞夜
火树银花
灵光闪烁的十字架上
栖驻着千百种期待
一面旗在心底悠然升起
从此,凛冽的寒风中
激荡着祥和友爱的圣光

世纪睁开沉睡的眼

绽放静夜篝火的赤诚炽烈

温暖渴求光明的心

夜阑悠长的歌声

把岁月浓缩成一杯老式香槟

斟入每双虔诚的手掌中

融化一生的疲惫与艰辛

圣诞树

生长祝福的火焰树

舒展温暖的眸光

十二月二十五日寒冷的凌晨

粲然缀结出诚挚的心愿

乐声响起的时刻

布满火焰的双手

拨出冬夜最真实的弦音

火焰树高高燃烧着

点缀生命中的又一种从容

并以豁朗的情态

寄寓希望于迷茫的眼睛

遥远的咏叹调和着季风

五彩斑斓的风景

映亮张张和善的面孔
柔软着永不结冰的心灵

（1996 年 12 月 25 日）

2008,请听我轻轻诉说

此刻,次第燃起的万家灯火融入星空的浩瀚
点缀今夜的静谧祥和
2008,请让我易碎的灯笼穿越你多风多雪的长夜
继续唤醒难眠的往事
带给季节应有的温暖与从容

当寒流冰封了新春的羽翼
我迷失的眸光无意留恋弥天的白雪
一个温馨的字眼总是把心刺得好痛
有爱就有梦想
听　冰河在解冻
那枝头喷涌的不正是蓬勃的希望

当梦魇无情地扭曲了我平静的地平线
稻花香在空中飘散
然而　再也听不到和谐的蛙鸣来伴奏
我的心找不到停泊的港湾
有爱就会有方向

看　炊烟依旧袅袅升起
蝴蝶在群芳吐妍的庄园播洒着爱的种子

当盛世霓裳映红了东方
熊熊火焰簇拥着祥云
照亮世界的每一个角落
我的血脉流淌着自豪和信念
有爱就会有力量
翱翔吧　放飞所有的心愿
收获着空前激昂的诗行

当我怀着最温柔的情意轻轻轻轻叩响月亮
一个神话在我身后传承
天籁缥缈的弦音围绕着我
有爱就能成功
前进吧　脚步执著地延伸
根须牢牢植扎在生我养我的地方

2008,我温暖的烛火照亮了深邃的夜晚
所有的雪雨风霜历炼着我的坚强
在下一个太阳冉冉升腾的时刻
请相信我挺起的胸膛
会以百倍的雄迈刚毅步入又一个辉煌

（2008 年 12 月 31 日）

◎ 第四辑　现代诗

让我们从一句宋词开始

让我们从一句宋词开始
在岁月的伤痛处靠岸
晓风残月冷冷铺设着身后的征程
此刻　我失去了所有的从容
执手相看流泪眼
纤纤弱柳一样瑟瑟颤抖的妹妹
随故事起起伏伏
飘逸的长发系着我远行的翅膀
鹧鸪鸟唱醒空空的梦

写满相思的桃花信笺
难载起天涯漂泊
我的琴弦再难弹奏出愉悦
沉沉暮霭席卷夕阳
归鸟双双比翼
总把我的心刺痛
一些凄美的诗句支配我的臆想
在寂寞吞噬孤独的时刻
托腮凝愁的妹妹就在远处期望

（2009 年 1 月 22 日）

254

梦 魇

读威廉·戈尔丁小说《蝇王》

目光搁浅在这片无名小岛

排排海浪吞噬着孤寂

月色被棕榈树的巨荫撕扯得支离破碎

那支脆弱而美丽的海螺就在膝前寒光闪闪

忘记了哭泣的哀愁开始祟动

一群孩子

（我无法数清楚他们到底有几个）

拖着模糊的影子

像在校园或者幼儿园一样游戏

搭着永远也搭不好的窝铺

开着成年人一样的会议

象征获救的信号烟永远都无法弥漫远天

打猎吧　打猎吧

脸上涂满花花绿绿的斑纹

让恶之花夸张地盛开

野兽在灵魂深处偷窥

木棒制成的粗陋的长矛轻易就洞穿良知

一大群苍蝇贪婪地舐蚀童贞

游戏永远没有结束

永远没有

海水一样悄悄涨潮

就在每个人心灵的荒岛

美丽而光洁的海螺根本不堪一击

围绕篝火野蛮人一样高叫跳舞

太阳升起的时刻

就会慢慢把自己迷失

(2009 年 1 月 24 日)

这一天　玉树扯痛了所有人的目光

春风难以消融唐古拉的冰雪

巍巍昆仑在四月叹息

这一天　玉树扯痛了所有人的目光

雄鹰盘旋的天空不再晴蓝

爱喝青稞酒的父亲老泪纵横

手掌里一年的笑声无法握紧

散落在地层深处

美丽的三江源头百鸟悲鸣

家园温馨的灯火此刻寥若晨星

格桑花一样的妹妹舞姿不再从容

艳丽的服饰被尘土掩盖

骏马该怎样穿越眼前厚重的埃尘

草甸上弥漫着荒凉

没有歌声的日子谁去点燃篝火

飘零的云朵片片积聚在家的方向

四月的天气变幻莫测

信念总能驱散心中的雾霾

长江黄河流淌的是不屈的血脉

在每个人的血液里澎湃

风雨过后

大片的格桑花还会在这片土地盛开

昆仑雪线下圣洁的雪莲花在歌唱

这一天　玉树扯痛了所有人的目光

涌动的烛光默默将夜色温暖

明天收获的是重重希望

（2010 年 4 月 22 日）

观　海

此刻,妈妈,我是你臂弯里一枚闪光的卵石

平静地等待着幸福的降临

和那些贝壳礁石海藻一起

在你的温情里溶解

妈妈　那只洁白的海鸥告诉
远处是梦的方向
我的航程里有风轻轻吹起
潮湿的风里泊满思念
一只船和另一只船在低声交谈
微笑随着水波圈圈荡漾

涨潮了　浪涛在我的血液里轰鸣
和着我的心跳有力地叩问着我
妈妈 那些日子我把灵魂交给了天空
可影子始终在我身后飘荡
我的桅杆没有离开过你的视野
多情的浪花轻轻舔着我的伤痕

我累了　妈妈
漂泊的月光带走了我的脚印
生活的味道在人群里碰撞 叮当作响
有雨的日子和无雨的日子一样
一条鱼儿向我游来
猜测着我游移的目光会停留在哪个方向

妈妈　我来告诉你一些过去的事情

把我采集来的各地的阳光送给你

这个时节　我没有泪水

那块坚毅的礁岩里有我的故事

宁静地守护在你身旁

和你一样　微笑着歌唱

（2011 年 9 月 23 日）

◎第四辑　现代诗

跋

　　人到中年，所思甚多。事事关心，然遂意者寡。镜花水月，斯情冷漠，雪泥鸿爪，蓦然惊心。曾经绮梦终不在，拟把余情托诗文。千结机心身摧折，粗醪一杯可怡神。家居闹市，高楼斗室。室外多华车珠彩招摇客，室内唯琴音清茗诵书香。门迎平常事，窗对蜀葵红。朝雨暮云皆在眼，此隅山水自钟情。回首身在处，塞上又春风。

　　于是乎，启无邪之思，运雅颂之辞，造化无形变幻之偶得，摘择片言只语，独乐余暇。世谓少达多穷出诗人，盖诗思敏睿，善察别人之所未觉，体常态之机变，怀悲悯于忧患间，而发乎声花月虫鱼泉涧丘壑之外，道众不知之味，修情本源之文。故所蕴弥深，愈穷则愈工。为文也，先顺乎情，合其理，出于心。诗通有形外，理至忘机中，意游离情景之上，音畅顺自然之间。故所读甚多而成文更少者众也。

　　余常望文而生畏，常谦常惧，忝列斯文案侧，而美慕之情与日俱增，遂斟文酌句，似有所得。不图载道言志误人子弟，唯求托物娱情消遣闲日。故身外诸事诸物诸般意绪皆裁剪入诗，随兴随感悦情悦性，情可真而意非切，笔生花而语莫详。然自忖勤能补拙，日勤日慎，乐此不疲。六载行吟倚声，雅怨备至，也得粗词滥

260

曲千六百有余。痴心未泯，怀铅抱璞，抹月批风，而生结帐念，秉承嗣芳。烛影摇红，辉梳晓梦；紫陌吟香，余韵悠远。葵窗闲趣，风雨皆情。

物谐五味，一粟沧海，人有七情，锦心漱玉。一痴一醉间花明柳暗，一啼一笑中春梦浮云。半晌青春聊抛掷，回首但恨事无成。唯悲愤忧患之心难泯，事事关情，寸管著微。故自古传世得味之文，苦心孤诣，小我而意隽。以幽婉为诗，句句惹泪，以悲愤成句，字字心惊。咏物言志，超然物外，思致幽深，别有寄托，诗文之道也。

幸书华不负斯文侪辈，击案歌当哭，醉眼看行人。多少从前物，幡然蚀骨痕。奈恢恢文脉，天涯比邻。嘉禾四野，霞岚氤氲。一字可师，一笑可朋，良师益友不辞多矣。梅鹤确妻子，山水真弟兄。尊格守制，文脉丕崇。是耶，孜孜耶，别别耶，善莫大焉。

是为跋。

作　者

癸巳年夏首书于朔州

◎跋

261